The story of myself joining the Devil army and achieving true happiness.
JN172504
陰に隠れてた俺が
魔王軍に
入って
本当の幸せを
掴むまで
2
松尾からすけ
illust=riritto

クロムウェル・シューマン
Cromwell Schumann
「横暴！　横暴！」
「ゴブ太！　ゴブ太！」
ゴブ郎
Goburou
ゴブ衛門
Gobuemon

「なんでお前ら息ピッタリなんだよ!!」
ゴブ太
Gobuta
セリス
Celis

Cromwell
「……アルベール君。私ね、
覚悟を決めたよ」

「……覚悟？」
レックス・アルベール
「私、強くなる」
マリア・コレット

「えい!」
アルカ
ほとんど一瞬で作り出されたのは火、水、風属性の三種上級魔法《トリオトリプル》。
しかも、それを魔法名を言わずに無詠唱で発動させる。
アルカの魔法陣から放たれた魔法はそのまま、ものすごい勢いで
上空へと消えていった。

「クロ様の秘書は私だけですよね……？」
セリスが目を潤ませながら、
上目づかいで訴えかけてくる。

The story of myself joining the Devil army and
achieving true happiness.

CONTENTS

陰に隠れてた俺が魔王軍に入って本当の幸せを掴むまで２

松尾からすけ

角川スニーカー文庫

22192

口絵・本文イラスト／ｒｉｒｉｔｔｏ
口絵・本文デザイン／林健太郎デザイン事務所

プロローグ

俺ことクロムウェル・シューマンが魔族であるデュラハン達の抱える問題を無事に解決へと導いてから数日後、魔王軍指揮官としての初仕事を終えたということで、俺は秘書のセリスと一緒に魔王ルシフェルのいる部屋へ報告に来ていた。

魔王の部屋って言っても仕事部屋じゃなくて完全なる私室なんだよね。最初に人間界から俺が連れて来られたところ。普通、こういうのって厳格な謁見の間とか魔王の執務室でやるんじゃねぇのか？　まぁ、堅苦しいのは苦手だし、椅子に座って報告できるからこっちの方がいいんだけどな。

フェルは難しい顔をしながら書類をぺらぺらとめくっている。口頭だけじゃあれってことで、アイアンブラッドで俺がやったことは報告書にまとめてフェルに渡したんだよ。いやー俺ってできる奴《やつ》だなー本当。実際に実務で成果をあげておきながら、こういう事後処理も手抜かりなく行えちゃうからねー。しかも報告、連絡、相談とか余裕だしー。働く奴の常識っていうの？　そういうの感覚でわかっちゃうんだよねー…………報告書をまとめたのも、報告するように進言してきたのも、面倒くさいって渋った俺のケツを叩《たた》いたのも隣にいるおっかない秘書だけど。

「……うん、大体わかったよ。ご苦労様」

フェルはふぅ、と小さく息を吐き、読み終えた分厚い紙の束をトントンとまとめ、机の上に置いた。俺は城に勤める給仕さんが持ってきてくれたマドレーヌをはみはみしながらフェルに目を向けたが、セリスが非難するように咳払《せきばら》いをしてきたので、泣く泣くマドレーヌをお盆に戻す。

「アイアンブラッドにおけるコミュニケーション不足は解決に向かっている、と。僕も危惧していたことだから助かったよ」

「まぁ、俺にかかればこんなもんだ」

俺は足を組んだまま自慢げに身体《からだ》をそらした。隣でセリスが白い目を向けている気がするけどそんなの全然気にならない。なんたって解決したのは俺なんだからな！

「これでデュラハン達はクロが魔王軍指揮官である事を認めるだろうね。次はどこに行くか決めてるの？」

「当然。できる男はいつだって先を見据えているんだよ」

自信満々でそう言い放ち足を下ろした俺は、少しだけ前かがみになりながらフェルに不敵な笑みを向けた。

「《美食の街・デリシア》だ」

俺がドヤ顔でフェルに報告をする少し前、俺はフェルの部屋へ行くためにセリスと二人で魔王城内を歩いていた。

「なぁ、セリス？」

「なんでしょうか？」

俺は極力いつもの感じでセリスに声をかける。

「魔族の街って他にどんな場所があるんだ？」

「急にどうしたんですか？」

「いや、アイアンブラッドはもう目処《めど》がついたから、他の幹部が治める街へ行くことになるだろ？　なら、事前に次行く場所を決めておこうって思ってさ」

完璧な理由。おかしなところなど一つもない。昨日、布団の中で反芻《はんすう》しまくった台詞《せりふ》がすらりと出てきたぜ。これなら疑われることもないだろ。その証拠にちらりと見たセリスの表情は穏やかだった。

「それもそうですね。私の街を除くと《巨大都市・ジャイアン》、《フローラルッリー》、《美食の街・デリシア》、後は」

「美食の街？」

あっやべ。思わず反応しちまった。セリスが少しだけ眉を寄せながら俺を見ている。いや、まだ全然ごまかせる範囲だ。

「美食の街に興味が？」

「そらそうだろ？　人間、美味《うま》いもんは食べたいって思うもんだ」

「…………」

セリスのこの目は……まだ少し違和感を覚えているってだけだな。俺の真意を読み取ろうとしている段階だ。追及されてもボロを出すことはないと思うが万が一ということもある……ここは早々にファイナルウェポンを使わせてもらおう。

「城の飯も美味いんだけどな。それでもやっぱり他にも美味《おい》しいものをアルカに食べさせてやりたいんだよ」

少しだけ優しい口調で言い放った俺はさりげなくセリスの顔に目をやった。よし！　効果は抜群だ！

　一見、何の変哲もない言葉のように思えるが実は違う。俺が普段食べている料理は城の人が作ってることになってんだけど、本当はセリスが作ってくれてんだよね。そして、俺がその事実を知っている事をセリスは知らない。つまり、城の料理を褒めれば間接的にセリスを褒めることになるのだ。

　そして、極めつけはアルカのためにっていう雰囲気を醸し出したこと。俺も甘いが、こいつもアルカには大概甘い。アルカを理由にすれば多少の違和感など軽く吹っ飛んじまうのさ。

　これぞ対セリス奥義・我が娘のためならば《マイスイートプリンセス》だ！

　俺の言葉を聞いたセリスが嬉《うれ》しそうに微笑を浮かべる。

「ふふっ、そうですね。あの街は本当に美味しいものがたくさんありますから、アルカも喜ぶでしょう。領主がギーなので他と比べても親交を深めやすいと思いますし」

「ギー……ってことはトロールの街か？」

　俺は幹部達に紹介された時に見たギーの姿を思い出す。確か上半身裸で全身緑のばけも……魔族だったな。友好的とは言い難かったが、それでもあの虎野郎よりはマシだった気がする。

「そうですね。正確には魔人の街でしょうか？　ゴブリンやオーク、オーガもおりますので」

「あー……そういうことね」

魔人は魔族の中でも姿形が魔物によっている種族。確かに見た目は魔物みたいだったもんな。パンイチだし、めちゃくちゃぶっとい棍棒《こんぼう》を脇に置いてたし。

「なら次はそこに行くかな？」

「いいんじゃないですか？　彼は聡明《そうめい》ですからね。ライガみたいに突っかかってくることもないでしょう」

おいおいあの見た目で聡明なのかよ。どっちかっていうと魔法陣も魔道具もなかった時代の原始人みたいな恰好《かっこう》なんだが。まぁでも喧嘩《けんか》売られても面倒くさいし、冷静な判断力があるやつの方がいいわな。

「じゃあ決まりだな」

「わかりました。……アルカはどうします？」

「うーん……とりあえず様子見で。ほとんど初対面で娘を連れて行くって微妙だし」

「そうですね」

セリスが納得したように頷《うなず》く。俺はセリスの表情を見て内心ニヤリとほくそ笑んだ。

と、まぁこんな感じで特に怪しまれることなく次なる目的地が決まったってわけだ。美食の街ならばさぞや美味しい料理や酒があるだろ。知っての通り俺の目的はアイアンブラッドに俺好みの酒場を建てること。そして、そこでボーウィッドと義兄弟の盃《さかずき》を交わすことなのだ！　そのためにもやはりこの街は早々に攻略しておかないといけねぇからな！

ちなみにセリスには内緒にしています。いや、あれだよ？　別に怖いとかじゃないよ？　魔王軍指揮官の仕事に私情を挟むな、とか言われるのが鬱陶しいだけだよ？　ホント別に怖いわけじゃないよ？

「へぇ……デリシアねぇ……なんでそこなの？」

俺の発言を聞いたフェルが興味深そうな視線をこちらに向けてくる。対する俺は完全なるポーカーフェイスを貫くぜ。

「他にも行かなきゃなんねぇ街がたくさんあるのに迷ってなんていられねぇっつーの。まぁ、美味しいものが食えるかも、っていう下心は多少あるけどな」

なんという自然な返し。それらしい理由に加えて下心がある事も正直に話す。だが、その下心の内容はフェイクってわけだ。こうすれば、偽りの下心に真実の下心が隠されるっていうスンポーよ！　あれ？　もしかして俺って天才？

俺の素晴らしき話術に、フェルも特に疑う様子もなくうんうん、と笑顔で首を振っている。

「いいんじゃないかな？　その下心が本心かどうかはおいといて、ぱっぱと決めないと街を回り切れないのは事実だからね。それにアイアンブラッドを盛り上げたいっていうのは僕も賛成だし！」

「え？」

全然疑われてたわ。くそが。しかも、こいつ色々と知ってる口ぶりなんですがどうなっているんでしょうか。セリスがきょとんとした顔でこっち見てるし、これ以上この話題に触れるのは危険だと俺の本能が告げている。

「まぁそういうわけだから、俺達はさっさとデリシアに行ってくるわ」

「うん！　いい報告を期待してるよ！」

「……なんか嬉しそうだな？」

俺がそう言うと、フェルは少し驚いた表情を見せた。こいつがいつもニコニコしているのは知ってんだけど、なんつーかなぁ……いつもの楽しいことを見つけてはしゃいでる感じとは少し違うんだよな。

「………多分、クロが魔族領に馴染《なじ》んでいくのが嬉しいんだと思う」

「なんだそりゃ？」

「約束とはいえ無理やり連れてきたみたいなものだからね。親しい人達と離れ離れにさせたことを少しは気にしてるんだよ」

　フェルが申し訳なさそうに笑う。俺は呆《あき》れたようにため息を吐《つ》くと、フェルに背を向けた。

「セリス、行くぞ」

「クロ様？」

　少しだけ心配した表情を浮かべたセリスがオロオロした様子で俺とフェルを交互に見やる。俺は無視して部屋のドアノブに手をかけた。だが、ドアは開けず、背後で困ったように笑っているバカに声をかける。

「こんな所に無理やり連れて来やがったんだから、しっかりと責任とれよ？」

「……うん。わかってる」

「ただまぁ、今のところ連れて来てくれたことに感謝してる。……今のところはな」

「……そっか」

　少し安堵《あんど》の混じった声。俺はそれを聞きながらフェルの部屋を後にした。

「……素直じゃないんですから」

部屋から出て少し歩いたところで、後ろからついてきているセリスが微笑を浮かべながらからかうような口調で言ってきた。なんとなく気に入らないので、セリスから顔を背ける。

「うるせぇ。早く転移魔法でデリシアに連れて行ってくれよ」

「はい、わかりました」

くすくすと笑いながらセリスが転移魔法を組成していく。それを眺めながら俺は先程のフェルの言葉を思い出していた。

──親しい人達と離れ離れにさせたことを少しは気にしてるんだよ

恐怖の魔王のくせに何細かいこと気にしてんだよ。別にあっちに親しい奴《やつ》がたくさんいたわけでもないし、俺は問題ねぇよ。……俺は、な。

まぁ、気にならねぇと言えば嘘《うそ》になるな。あの完全無欠の完璧超人が俺のいない世界でどう生きてるのか見てみたくはある。落ち込んでるのか、立ち直ってるのか……そもそも大して気にすることもなく、以前と何も変わらねぇ生活を送っているのか。

なぁ、お前は今どうしてるんだ？　レックス。

第1章　あいつが立ち直るまで

夢を見た。
何でもできる俺と一緒にいる親友の夢。
俺はあいつが隣にいることに安心感を覚えていた。
あいつは何にもしようとはしない。なのに戦わせたら天下無敵。
俺はそんな親友に勝つために躍起になって努力した。
他のすべてで優《まさ》っていてもあいつに勝つことだけはできない。
俺はそんな自分が許せなかった。

あいつが魔王に消されてから一ヵ月がたった。俺は変わらずマジックアカデミアに在籍している。

　変わったことと言えば、魔族から生徒と教師を守ったという功績によって、俺は十席の中の末席に選ばれたことぐらいか？　この学校には入学したときから自らに順位が与えられ、上位の者と一対一の試合を行うことや特別な理由によりその順位を上げていく、というシステムが採用されていることは知っていたが、その上位十人が十席なんて大層な名前で呼ばれている事なんて知らなかった。俺が十席の一人に任命された時にエルザ先輩が教えてくれたんだ。

　最終的に順位が高いものほど王宮お抱えの魔法陣士になれたり、冒険者ギルドでも優遇されたりと一種のステータスになっているので、学校の成績以上に生徒達は自分の順位に執着するらしい。十席ともなれば、働き先には困らないんだってさ。

　その一人に自分が選ばれたという事実、はっきり言って至極どうでもいいことだった。

　そもそも魔族からみんなを守ったのは俺じゃない。だというのに十席なんかに祭り上げられてもいい迷惑なんだよ。

　魔族からみんなを守った当の本人は、魔族に殺された不幸な生徒として処理された。それに関しては俺は何とも思わない。どうせあいつのことだ、日陰者の自分にはふさわしい最後だろうよ、とか笑っているに違いないからな。俺が余計な事を言って目立つようなことがあれば、間違いなく殴られる。

ただ、やっぱりあいつの代わりに俺が讃《たた》えられるのは納得がいかなかった。結局、最後まで俺の親友はみんなから正当な評価を受けられなかったわけだ。それに関しては、複雑な思いはあるが、あいつ自身が望まなかったことだからしょうがない。でも、あいつがみんなを救ったのは事実。

だから、こんな形だけの十席《名誉》なんて何の興味もない。だってこれは俺の親友のものなんだから。

退屈だよ、本当。

既に知っていることをダラダラと垂れ流している座学も、木の棒を振っているだけでなんの意味もない実技も、魔族からみんなを守った俺への羨望の眼差《まなざ》しも、俺が台頭してきたことによる嫉妬の視線も、全てがくだらないものに思えた。

何のためにこんな所にいるのかわからなくなる。いや、ここは勇者を育てる学校。別に勇者になりたいわけじゃない俺が意味を見出《みいだ》せるわけないか。だって、意味なんてないんだから。でも、そんな事どうでもいいんだ。今は何に対しても全く興味が湧かない。

あぁ……つまんねーな。


チャイムの音がする。今日の授業もこれでおしまいか。

机に突っ伏していた俺はゆっくりと顔を動かし、周りを見回した。いそいそと帰り支度を始めたクラスメート達をぼーっと眺めていると、自分の腕に巻かれている黒い腕章がふと目に留まる。それは十席の証《あかし》、第十位のカラーは黒。本当はこんなものつけたくないんだけど、十席はこの腕章をつけることが義務付けられているんだよ。

「レックス……また授業中居眠り?」

この声は……。俺は気怠《けだる》そうに声のした方へと顔を向けると、目の前には緑色の髪をした美少女が腕を組みながら立っていた。

「フローラか……」

「随分気持ちのこもっていない言い方ね」

フローラ・ブルゴーニュが非難じみた目で俺を見てくる。そんな目で見られても困るって話だ。会話をしようっていう気力が湧かない。

「フローラさん、そういう態度は良くないと思いますよ。レックスさんは十席という重責を担っているのですから、きっと疲れがたまっているんです」

フローラの後ろにいた桃色の髪をしている少女が心配そうな表情を浮かべながら俺の顔を遠慮がちに覗《のぞ》き込んできた。彼女の名前はシンシア・クレイモア。俺達が第二学年に上がって間もない頃、同じクラスに編入してきた子であり、この国の王女でもある。

国王の娘だっていうのに、その事を全く鼻にかけない性格で一躍クラスの人気者になったんだ。クラスの誰とでも分け隔てなく話すんだけど、その中でも特にフローラやマリアと仲良くしている。まぁ、見た目も可愛《かわい》いからな。少しおっとりしているけど気品溢《あふ》れる美しさを兼ね備えているシンシアに思いを寄せる男子も少なくない。

二人とも同級生に高い人気を博しているというのに、飽きずに俺の相手をしてくれているんだ。この抜け殻みたいな俺の、ね。ありがたい話ではあるが……今は放っておいて欲しかった。

「そうは言うけどね……あなた、十席になってから順位戦をすべて断っているみたいじゃない」

「……順位戦なんかやりたくないからな」

面倒くさそうに告げる俺を見て、フローラがため息を吐きながら頭に手を軽く添え、首を左右に振った。

「ちゃんとルールは知っているの？　戦いの申し出を断った場合、一ヵ月間誰とも順位戦をしなければ、その断った相手と戦うことになるのよ？」

「その通りだよ、ミス・ブルゴーニュ」

教室に気障《きざ》ったらしい声が響き渡る。クラスにいた全員の視線が集まった先には、制服をお洒落《しゃれ》に着崩し、胸元を大きく開けた色男が立っていた。なんか見覚えのある顔だな……名前は確か……。

「ディエゴ先輩……」

フローラが顔から表情を消しつつ名前を呟《つぶや》く。あぁ、そうだ。ディエゴ・マルティーニ。学年は一つ上で、元々、この黒い腕章をしていた男だ。俺が第十位に任命されたその日に順位戦を申し込んできたんだっけ。一ヵ月前のことだからすっかり忘れていたわ。

「君みたいな可愛い子に名前を覚えてもらっているのは光栄だね。でも、今日は君に用があるわけじゃないんだ。ごめんね」

ディエゴ先輩は軽やかな足取りでこちらに近づいてくると、フローラに甘ったるい笑みを向けた。整った顔から繰り出される笑顔によって、たくさんの女子生徒が恍惚《こうこつ》とした表情を浮かべるって聞いていたけど、どうやらフローラには効果がないみたいだ。

そのまま視線を滑らせ、隣に立っているシンシアに目を留めたディエゴ先輩は、わざとらしく目を見開く。

「あぁ、王女様。ご機嫌麗しゅう」

「あ……えっとぉ……」

そのまま大仰に膝をつくと、シンシアの手を取り、その甲に口づけをした。シンシアは完全に顔を引き攣《つ》らせながら笑みを返すのが精一杯の様子。

「本当は色々とお話をしたいのですが、今日は何分立て込んでおりまして……またの機会にさせていただきたいと存じます」

「ぜ、全然気になさらないでください。それに私はこの学園の生徒です。ディエゴさんは先輩なのですから、そんなにかしこまらないでください」

ギュッと手を握ったまま残念そうに眉を下げる彼を見ながら、シンシアが慌てて言った。少し意外そうな顔をしたディエゴ先輩だったが、すぐに奇麗に並んだ歯を見せつけるような笑顔をシンシアに向けた。

「寛大なお心遣い、感謝いたします」

ディエゴ先輩が頭を下げ、ゆっくり手を放したところでシンシアはホッとしたように息を吐く。二人の美少女と会話ができたのが嬉しかったのか、満足そうなディエゴ先輩が俺に向き直った。

「さてアルベール君、順位戦の掟《おきて》は知っているね」

「そりゃ、まぁ……知ってます」

知ってるっていうか、今さっきフローラに聞いたんだけどな。知らないって言って一から説明し始めたら面倒だ。

「よろしい。今日は君に順位戦を申し込んでからちょうど一ヵ月がたった日だ。……この意味わかるだろ？」

ディエゴ先輩が薄い笑みを浮かべる。さっきフローラ達に向けたようなものではない、どことなく侮蔑の色が混じった冷たいものだった。要するに俺を挑発してるってわけだ。

少し迷ったけど、俺はため息を吐《つ》きながら面倒くさそうに席を立つ。

「わかりました。今からですか？」

「……話が早くて助かる。場所は第二闘技場をとってあるから僕は一足先に行っているね。怖気《おじけ》づいて来ないなんてことがないことを祈っているよ」

それだけ言うと、ディエゴ先輩は高笑いをしながら教室を後にした。その後ろ姿をフローラが射殺すように睨《にら》みつけている。

「本当、感じの悪い人ね」

「……そうですね。私もああいう方は苦手です」

フローラだけじゃなくシンシアも気を悪くしているみたいだ。そんな二人を見て俺は思わず苦笑いを浮かべた。

「あんな人、さっさとやっつけちゃってよね」

「さぁ、どうだろうな。仮にも元十席なんだし」

「でも、今はレックスさんが十席なんです」

シンシアの言葉に力が入る。そうだな……この十席が俺の実力で得たものなら、俺も自信を持っていけるんだろうけどな。

「とにかく、あんまり先輩を待たせるのもあれだから俺は行くよ」

「私も行くわ」

「わ、私も見に行きます！」

俺がさっさと教室から出ていこうとすると、二人がその後についてきた。順位戦は学校内にある闘技場で行われるんだけど、そこには観覧席が設けられていてな。魔法陣士同士の戦いは見ているだけでためになるということで、順位戦の観戦を学園は推奨しているんだってさ。俺は見に行った事はないけど、娯楽が少ないここでは結構人気があるイベントらしい。無様な試合をしようものなら陰でどんなことを言われるかわかったもんじゃないけど、申し込まれてからすぐの試合だからな。別に見に来る奴《やつ》もいないだろ。

特に会話もなく廊下を歩いていると、厳格な雰囲気を漂わせた黒髪をポニーテールにした美少女が前から歩いてきた。その腕には第二席の証である銀の腕章がつけられている。

「レックス、聞いたぞ。ディエゴとやり合うようだな」

イメージと寸分違わぬ凛《りん》とした口調で声をかけてきた。すらりと引き締まった体形に姿勢の良さも相まって、俺よりも背が低いはずなのに、見上げているような感覚に陥る。この人の名前はエルザ・グリンウェル。俺達よりも一つ上の学年で、校内最強の女だ。最強って言ってる割には第二席かって思うかもしれないけど、別に俺は間違ってない。実のところ第一席は空席になっているんだ。エルザ先輩曰《いわ》く「自分を超える者がその座につくべきだ」だってさ。本当、この人の気高い精神には頭が下がるって話だ。そんな騎士道精神溢れる先輩は、ほとんど面識がないはずの俺になぜか事あるごとに絡んでくる。

「やっと貴様もやる気になったということか」

「やる気というか……順位戦のルール的に戦わないといけないんで」

「むっ、そうだったな」

相変わらず覇気のない俺の姿を見て、エルザ先輩は顔を顰《しか》めた。このままだとお説教を喰《く》らいそうなので俺は慌てて話題を変える。

「それにしても、俺とディエゴ先輩が戦うってよく知っていますね」

「ん？　あぁ。それはディエゴから直接聞いたんだ」

「ディエゴ先輩から？」

眉を寄せる俺の顔を見ながら、エルザ先輩は静かに頷《うなず》いた。

「他の十席もおそらく見に来るだろう。なにせ、色んなところに触れ回っていたからな」

エルザ先輩がニヤリと笑みを浮かべる。あぁ、そういうことか。自分から十席を奪った俺をみんなの前でぼこぼこにして恥をかかせたいって魂胆だな。プライドの高そうなディエゴ先輩らしいといえばディエゴ先輩らしい。

彼の思惑を察し、苦笑した俺を見て、エルザ先輩はムッとした表情を浮かべた。

「レックス……貴様舐《な》められているんだぞ？　腹は立たないのか？」

「いや……まぁ……そうですね」

曖昧な態度の俺にエルザ先輩はこれみよがしにため息を吐く。

「……まぁ、いい。私も観覧席から貴様の勇姿を見させていただく。フローラ！　シンシア！　行くぞ!!」

「え？　あっ、はい！」

「ま、待ってください！」

エルザ先輩に引きずられる形でフローラが連れていかれ、シンシアも慌ててその後を追った。俺は三人の姿を見送ると、一人のんびりと第二闘技場へ向かっていく。

願わくば俺の心が滾《たぎ》るような戦いになって欲しい。そうすればこの退屈さも少しは紛らわすことができるかもしれないからな。


観覧席はただの順位戦とは思えないほど満員御礼であった。フローラ達の姿も少し後ろの方に見える。あの短時間でこれほどまでに人が集まるとは……ディエゴ先輩、十席から降ろされたことを相当根に持っていたんだな。俺のせいってわけじゃないけど、申し訳なくって気持ちが湧かなくもない。余裕そうな表情で目の前に立っているディエゴ先輩を見ながら俺はそんな事を考えていた。

「ちゃんと来たみたいだね。感心感心」

「……どうもっす」

ディエゴ先輩は笑いながらうんうん、と頷いている。が、その目は一切笑ってはいない。

「僕以外の順位戦も断っているって聞いたから、尻尾巻いて逃げ出すんじゃないかと思っていたよ。でも、実力で勝ち取った十席じゃないのだから、その気持ちもわかるけどね」

挑発のつもりなんだろうか。でも、俺は別に何も感じない。だって、ディエゴ先輩の言う通り、十席《これ》は実力で勝ち取ったものじゃないからだ。

俺が何も言わずにいると、ディエゴから笑みが消え、蔑むような視線を向けてくる。

「……何も言い返してこないんだね」

「先輩の言う通りですから。十席に入れたのは、運が良かったという他ないです」

「……ちっ、かわいくない後輩だな」

ディエゴ先輩は心底気に入らなそうに一人ごちると、身体《からだ》に魔力を練り始めた。俺は何もせずにただ黙ってそれを見つめている。

「二人とも、正々堂々立ち合うように」

監督役の教師が確認するように俺達の方へ交互に顔を向ける。俺も先輩も静かに首を縦に振ってそれに応えた。

「それでは順位戦、はじめ!!」

開始の声と同時にディエゴ先輩が魔法陣を組成していく。丁寧に作られた二つの魔法陣は、同じ火属性の魔法陣で、その構成も全く同じであった。

「僕が〝業火のディエゴ〟と呼ばれている所以《ゆえん》を教えてあげるよ!!」

左右に作られた魔法陣から放たれる二種上級魔法《デュオトリプル》。それは同一の複数魔法を放ち、威力を倍増させる重複魔法と呼ばれる高等技術であった。

「〝二重の火炎放射器《フレイムブロワー・デュオ》〟!!」

二つの魔法陣から繰り出された炎の竜巻が一つになり、巨大な奔流となって俺に襲いかかってきている。その熱量は凄《すさ》まじく、離れたところで見ている観客にすらその熱気が届いているほどだった。おそらく直撃すれば火傷《やけど》程度じゃ済まないだろうな、これは。さっさと避《よ》けないと、医務室でお世話になることになる。だけど、俺は身動き一つせずにディエゴ先輩が放った魔法を暢気《のんき》に眺めていた。

流石《さすが》は元十席なだけはある。いともたやすく上級魔法《トリプル》を使いこなし、魔法陣の構築速度も俺のクラスの奴らとは比較にならないほど速い。

その上級魔法《トリプル》も見せかけのものなんかじゃなく、流した魔力をあまり無駄にはせずに魔法が発動している。魔法陣の大きさも申し分ない。

重複魔法に関しても明らかに生徒としての技術の域を超えている。〝業火のディエゴ〟の名に恥じぬような素晴らしい火属性魔法だった。

だけど、足りない。まったくもって足りねーよ。

あいつの魔法陣は速いなんてもんじゃない、気がついたらそこにあるんだ。それこそ上級魔法《トリプル》なんて、眠っていても即座に作り出すことができていた。

魔法陣の構成もあいつとは比べられるわけもない。あいつの作り出した魔法陣には一切の無駄がなく、込めた魔力以上の高火力の魔法を鼻歌を歌いながら繰り出すような化物だった。

重複魔法を構築しているところはあまり見たことがなかったけど、あいつだったら「ちゃんと魔法陣を構成すれば、同じ魔法陣を作って威力の底上げをはかるなんて、馬鹿なことはしなくてすむ」とか言い出しそうだ。とりあえずディエゴ先輩の魔法を見ても、何の興味も持たないことだけは確かだな。

巨大な炎の渦が近づいているというのに何もしない俺を見て、監督役の教師が慌てて俺の前に魔法障壁を張る。それで威力は減衰したものの、まともにディエゴ先輩の魔法を喰らった俺は勢いよく吹き飛ばされ、闘技場の壁に叩《たた》きつけられた。

……やっぱりだめだな。あの程度の魔法障壁に阻まれるなんて。あいつの魔法だったら魔法障壁なんか関係なく俺の所に向かってきて、そのまま即死だったろうよ。

場内に悲鳴が響き渡る。だが、俺は朦朧《もうろう》とする意識の中、全く違うことを考えていた。

なんだ……結局、退屈なままか。

俺は諦めたように笑いながら、自分の意識を手放した。

目を開けると飛び込んできたのは見慣れぬ白い天井だった。ここは……どこだ？　なんで俺はこんなところにいるんだ？　背中に柔らかな感触があり、薬品の匂いが僅かに鼻についたので、俺は医務室のベッドに寝かされていることに気がつく。まだ頭がぼーっとしたまま少しだけ顔を動かすと、目に涙を浮かべたフローラとシンシア、そして不安そうな表情を浮かべているエルザ先輩の姿が目に入った。

「……みんな」

「レックス!!」

「レックスさん!!」

俺の言葉に反応した二人が嬉《うれ》しそうに俺の名前を呼ぶ。エルザ先輩も安心したように息を吐いた。

「ここは学校の医務室だ。貴様はディエゴにこっぴどくやられてここに連れてこられたんだぞ。まったく……優秀なフィオーレ女医に感謝するんだな」

自分の名前を呼ばれたことに気がついたのか、机に向かって何かを書いていた白衣の女性が笑いながらこちらに手を振ってくれた。俺は感謝の意をこめてスッと頭を下げる。すると、いきなりエルザ先輩がグイッとその端整な顔を俺に近づけてきた。

「それよりレックス！　さっきの戦いはなんだ？　棒立ちにもほどがあったではないか？」

「え……あ……すいません」

俺は頭をかきながら微妙な表情を浮かべつつ、顔を俯《うつむ》かせる。そんな俺を庇《かば》うように二人が俺とエルザ先輩の間に割って入ってきた。

「エルザ先輩！　レックスはまだ本調子じゃないんです！」

「フローラさんの言う通りです！　きっと魔族との戦いで負った傷が完治していないんでしょう！」

「む……そうなのか？」

二人に圧倒されながらもエルザ先輩がこちらに顔を向けてくるが、俺は何も答えない。魔族戦での傷なんてとっくに完治しているどころか、あの時はほとんど怪我《けが》なんてしちゃいないよ。

「それにしても、もう少し戦い様が……」

「ディエゴ先輩は元十席なんですよ？　そんな手負いの状態で戦えるような甘い相手ではないってエルザ先輩もわかっているはずです！」

「それはそうなのだが……」

「エルザさんの方が十席のみなさんの強さは理解しているでしょう？　レックスさんがこうなってしまったのは仕方がないことなんです！」

俺の戦い方にダメ出しをしようとするエルザ先輩に、俺のことを必死に擁護しようとしてくれるフローラとシンシア。

どちらも有難迷惑この上なかった。

俺はゆっくり起き上がると、端にかけてあった学生服を羽織り、ベッドから降りる。それまで言い合っていた三人だったが、俺の姿を見て目を丸くした。

「レックスさん⁉　まだ傷が……」

「三人とも心配してくれてありがとう。俺はもう大丈夫だから」

それだけ言って俺は一人で医務室から出ていこうとする。その途中、フィオーレ女医の側《そば》を通ったのだが、彼女はニコニコしながら「無理しないでね」と優しく言っただけだった。ありがたい。

「ちょ、ちょっとレックス⁉　どこに行くつもり⁉」

「悪い……ちょっと一人になりたい気分なんだ」

フローラが必死に声をかけてきたが、俺は突き放すように答える。そして、顔を向けることなくそのまま医務室の扉を閉めた。

中で三人が何か話しているようではあったが、俺を追ってくる気配はない。小さく息を吐き出しポケットに手を突っ込んだ俺は、誰もいない放課後の廊下を肩を落として一人で歩いていった。

医務室で三人と別れた俺はある場所を目指し、学校内をとぼとぼ進んでいた。それは校舎から少し離れた見晴らしのいい高台にある場所。生徒が近寄ろうとはしない場所でもあった。そこにあるのはマジックアカデミアを卒業した者の名前が刻まれた石碑……いや、正確に言えばマジックアカデミアの出身で、命を落とした者の名前が刻まれる慰霊碑だ。

来たことがない生徒が多いんじゃないかと思う。前まではたとえ先輩であろうと、見ず知らずの人の墓になんて興味がなかったし、今は……唯一その慰霊碑に刻まれている在校生だった奴《やつ》の名前を見たくなかった。

いや、一度だけ足を運んだことがあったか。確か、あれは魔族騒動が一段落ついた頃だったな。せっかく足を運んだっていうのに、雨にうたれてさ……墓参りになんて来るんじゃねぇよ、てあいつに言われているみたいだったわ。

どうせ誰もいないだろうと高を括《くく》っていた俺であったが、慰霊碑の前にいる人を見て思わず立ち止まる。そこには慰霊碑を見つめる青髪の小柄な女の子の姿があった。そうだよな、こいつならいる可能性があったよな。

「マリア……」

俺が声をかけるとマリアはゆっくりとこちらに目を向けた。

「アルベール君。ここに来るなんて珍しいね」

「まぁな。ここに来るのは二度目だよ」

「そうなんだ」

マリアは近づいてくる俺から視線を外し、慰霊碑を見つめる。俺もマリアの横に立ち、慰霊碑に目をやった。そこには小さな白い花が置かれている。初めてここに来た時、同じ花があったけど、やっぱりマリアで間違いなかったみたいだ。

「……マリアはよくここに来るのか？」

「うん。毎日顔を出しているかな」

声をかけた俺には顔を向けずにマリアが答える。別に口調や声音は俺を非難している感じではないのだが、なんとなく居心地が悪い。

「今日は何があったとか、色々彼に報告してるんだ」

そう言うとマリアは微笑《ほほえ》みながら慰霊碑に手を伸ばし『クロムウェル・シューマン』と彫られた文字を愛《いと》おしそうになぞった。その横顔が本当に嬉しそうで、本当に痛ましくて、俺の胸が激しく締め付けられる。

「……そうなのか」

相槌《あいづち》を打つので精一杯であった。俺の口から出ているはずなのに、俺の声じゃない不思議な感覚。そんな俺にマリアが悪戯《いたずら》っぽく笑いかける。

「今日はアルベール君の事を報告したんだよ？」

「えっ？」

俺が目を丸くしながらマリアを見つめると、マリアは楽しそうにくすくすと笑った。

「クロムウェル君の親友は先輩相手に不甲斐《ふがい》ない試合をしていたよ、ってね」

「……見ていたのか」

マリアが静かに頷《うなず》く。今日の戦い……マリアだけには見て欲しくなかったな。あぁ、戦いにもなっていなかったか。俺はただただアホ面浮かべてぼーっと立っていただけだもんな。微妙な表情を浮かべ視線を背ける俺の顔を、小さく笑いながらマリアが覗《のぞ》き込んでくる。

「……やっぱりクロムウェル君が相手じゃないと物足りない？」

「っ⁉」

俺は思わずマリアの顔を凝視してしまった。だが、彼女は楽しそうにニコニコと笑うだけ。誰にも言わずに隠してきた俺の心のうちを、いともたやすくマリアに暴かれてしまった。……これは笑うしかないな。

俺が力なく笑いかけると、マリアは微笑みながら静かに視線を慰霊碑に戻した。俺もそれに倣って慰霊碑を見つめる。ここに名前が刻まれているのに、ここにはいない俺の親友。多分あの世でも不景気な面を引っ提げているんだろうな。

「今日の試合、あいつが見ていたらなんて言うかな？」

そんな事を考えていたら、自然と俺の口から言葉がこぼれた。少し驚いた顔でこちらを見たマリアはすぐに笑みを浮かべて、何かを思い出すように目を瞑《つぶ》る。

「そうだね……クロムウェル君ならこう言うと思うよ」

「あほくさ」

そして、脱力しきったようなやる気のない顔を俺に向けてきた。

その言い方があまりにもあいつにそっくりで、思わず吹き出してしまう。当の本人も一緒になって笑っていた。

「そっくりだったな」

「本当？」

「あぁ。親友の俺が言うんだ、間違いない」

「そっか……それは心強いかな？」

満足げな表情ではにかむマリア。一瞬その顔に見惚《みと》れてしまった。俺は慌てて視線を外し、ごまかすように鼻頭をかく。

「特徴がよく捉えられていたよ。面倒くさそうな感じとか、気怠《けだる》い感じとか……しっかりあいつを観察しないと、あそこまで似せることはできない」

「うん。だって、いつもクロムウェル君のこと見ていたからね」

透き通るような声でマリアが言った。そうだった……マリアはクロムウェルに惚《ほ》れてるんだった。あのバカがそれを知ったら天国で血の涙を流したかもしれねーな。

風の音しか聞こえないこの場所で、しばらくの間、俺達は何も言わずに慰霊碑を見つめた。

「……アルベール君。私ね、覚悟を決めたよ」

不意にマリアが口を開く。俺は緩慢な動きでその顔に目をやった。

「……覚悟？」

「私、強くなる」

穏やかな口調ではあったが力のこもった声。その瞳の奥にもゆるぎない炎が燃えている。俺にはそんなマリアがえらく眩《まぶ》しく見えた。

「だから、彼の親友であるアルベール君には、私の姿を見てでもらいたい」

マリアが俺の目をまっすぐに見据える。その奇麗な瞳に俺は吸い込まれそうになった。一切の曇りのないこの瞳に俺は惚れたんだったな。

「……マリアがそう望むなら」

「ありがとう。なら一緒に来てくれるかな？」

そう言うとマリアは最後にもう一度だけ慰霊碑に視線を向け、慈しむように見つめると、学校の方へと歩いていく。俺は無言でその後について行った。

マリアがある人に会いたい、と言うので、俺は心当たりのある場所へと彼女を連れていく。いや、連れていくというよりはマリアを連れて戻ってきた、と言った方が正しいかもしれない。なぜなら俺達の前には、さっき俺がいた医務室の扉があるからだ。

「声がするからまだいるみたいだな。入るぞ？」

「うん」

マリアが緊張した面持ちで頷く。俺はそれを確認するとゆっくりと扉を開けた。

俺達が医務室に入った瞬間、中にいた三人が同時にこちらに目を向ける。少し驚いた様子であったが、一緒に入ってきたマリアを見て、フローラが少しだけ訝《いぶか》しげな表情を浮かべた。

「いきなり出ていったと思ったらマリアを連れて戻ってくるなんて、一体どういうつもりよ？」

「いや、用があるのは俺じゃない。マリアの方だ」

俺がそう言うとフローラがますます怪訝《けげん》な表情を深める。三人の視線を一身に受けながら、マリアは大きく息を吐き出すと、目的の人物の前に立った。そして意を決したように口を開く。

「エルザ先輩、私と順位戦をしてください」

「…………は？」

俺も含めフローラとシンシアが間の抜けた声を上げた。だが、エルザ先輩だけは無表情でマリアの顔を見つめている。

フローラが慌ててこちらに視線を向け説明を求めてくるが、俺は必死に首を横に振った。マリアがエルザ先輩に戦いを挑むなんて予想もしていなかったし、エルザ先輩に会いたいって彼女から言われた時、てっきり戦い方を教わるもんだとばかり思っていた。だから、まさかこんなことを言い出すなんて……。

呆気《あっけ》にとられた顔でマリアを見つめる俺とフローラ。シンシアはあわあわしながらエルザ先輩とマリアの顔を交互に見つめる。

「……その手の冗談は好かんのだが、本気か？」

エルザ先輩の声は刃《やいば》のようであった。いや声だけじゃない、マリアを見る目も研ぎぬかれたナイフのように鋭い。だが、マリアは少しも怯《ひる》んでいなかった。

「本気です。このお願い、聞いてもらえませんか？」

「…………」

少しの間、目を細めてマリアのことを睨《にら》んでいたエルザ先輩は、ふっと笑いながら小さく肩を竦《すく》める。

「私は順位戦を申し込まれて断ったことがないのだよ。そして、どんな相手だろうと手加減をしたことがない。それでもいいか？」

「……構いません」

マリアは一度もエルザ先輩から目を逸《そ》らさずに答えた。いつも気弱なところしか見たことがなかったフローラとシンシアは困惑したような表情を彼女に向ける。

「わかった。希望はいつだ？　明日か明後日《あさって》か？」

「……今からお願いします」

　これにはさすがのエルザ先輩も驚いたようだった。こっちはそのエルザ先輩よりも三倍は驚いている自信がある。

「……理由を聞いてもいいか？」

「気持ちが切れる前に戦いたいんです」

　僅かに熱のこもった声でマリアが言った。そんな彼女の目をエルザ先輩がじっと見つめる。そして、ゆっくり視線を外すと何も言わず医務室の出口に向かった。

「エ、エルザ先輩っ!?　まだ話は……!!」

「第三闘技場で待っている。準備ができたらすぐに来い」

　慌てて声をかけるマリアを遮り、エルザ先輩は足早に医務室から出ていく。残された俺達は未《いま》だに茫然《ぼうぜん》とマリアの事を見ていた。

「……言っちゃった」

「っ!?　言っちゃったじゃないわよマリア！　あなた何をしたのかわかってるの!?」

　フローラがものすごい剣幕《けんまく》で詰め寄る。後ろからシンシアも必死に声をかけた。

「エルザさんは戦いに真剣な方ですよ!?　いくら私達が仲がいいからって手心を加えるような方ではありません!!」

「……だから、エルザ先輩と戦いたかったんだ」

マリアがきっぱりと言い放つ。その表情があまりにも清々《すがすが》しかったため、二人は思わず絶句してしまった。

確かにマリアを含めた女子四人は一緒にいる事が多い。でも、シンシアの言う通り、だからといってエルザ先輩が手加減するとかは絶対にありえない。むしろ、知り合いであれば燃えるタイプじゃないだろうか。どんな相手にも真っ向から向かっていき、力でねじ伏せる戦乙女《いくさおとめ》。だからこそ、彼女はこのマジックアカデミアで不動の第二席の座についているんだ。

俺はマリアにかけるべき言葉が見つからなかった。突然の対戦申込、しかも相手は学園ナンバーワンの実力者。普通なら止めるべきなんだろうな。でも、慰霊碑で見たマリアのことを思い出すとそれは許されない気がする。

「レックスもマリアを止めてよ！」

フローラが焦りながら俺に助けを求めてくる。だが、俺はこちらに真剣な眼差《まなざ》しを向けるマリアに精一杯の笑顔を向けた。

「頑張れ」

「うん。ありがとう」

「ちょ、ちょっと!?　レックス!?」

マリアは力強く頷《うなず》くと、しっかりとした足取りで医務室から出ていく。慌てふためくフローラとシンシアを無視して俺はその背中を見送った。これがマリアの言っていた覚悟か。ならば俺にはそれを見届ける義務がある。

「行くぞ、二人とも」

「えっ、えー!?」

「本当にあの二人戦うんですか!?」

俺が淀《よど》みない足取りで歩き出すと、二人が戸惑いながらもついてきた。あんなにも堅い意志を秘めたマリアを止めることなんて誰もできやしない。止めることができたであろう奴《やつ》はもうこの世にはいないんだから。

そう思うと、俺の心はちくりと痛んだ。

「ふう……」

第三闘技場の生徒控室でマリアは一人息を吐く。手に持つ樫《かし》の杖《つえ》に頭をのせながら目を瞑り、昂《たかぶ》る感情を鎮めていた。まさかこんな展開になるなんて、自分で自分の行動力に驚かされる。だが、強くなってみせると決めた。そのためには今の自分がどれだけできるかを知る必要がある。

よりにもよってなぜ相手にエルザを選んだのか、と思う者がいるかもしれない。いや、皆がそう思うだろう。エルザ・グリンウェル、名実ともにこの学校で頂点に君臨する強者。入学以来負けたことはおろか、苦戦したという話も聞いたことがない。

彼女に挑む時点で勝敗は決していると言っても過言ではない。なぜなら、自分は戦いとは無縁な生活を過ごしてきた未熟者。王国騎士団の鍛錬に顔を出しているようなエルザとは比べるまでもない。

ならばなぜ戦うのか。それはマリアがエルザに強い憧れを抱いているからであった。

マリアとエルザの仲は極めて良好だ。マリアが慕い、エルザが本当の妹のように彼女を可愛《かわい》がる。そして、近くにいればいるほどエルザの姿は光り輝いてマリアの目に映った。代々名のある王宮直轄の騎士団の家系であり、その立ち振る舞いや言動、生き方すべてが自分とは全く違うことばかりだった。

普段でも十分輝いているエルザだが、戦いになればその輝きは強い閃光《せんこう》へと変わる。相手がどんなに格下であろうと、常に全力で相手に挑んでいた。それでも必要以上に痛めつけたりはせず、圧倒的な実力差を見せつけ相手の戦意をなくす。どんな策を施されようともそのすべてを軽くはねのけ、エルザは今まで勝ち続けてきた。そして、戦いが終われば相手の健闘を労《ねぎら》う。その言葉には一切の嫌味《いやみ》を感じない。

マリアはその姿に強い憧憬の念を抱いていた。

だからこそ、自分が全力で向かっていけば全力で応えてくれるエルザだからこそ、戦いたいと思った。ボロボロにされるかもしれない、惨めな気分を味わうかもしれない。それでも自分の力を試したいと思った。

自分が本物の強者相手にどこまでできるのか、逆に自分がどれほどちっぽけな存在なのか、それを確認するために、マリアはエルザと戦う。


覚悟は決まった。マリアは自分の頬《ほお》を力いっぱい叩《たた》くと、闘技場へと向かった。薄暗い通路を進み、光が差す場所へ出ると、凄《すさ》まじい熱気がマリアに襲いかかる。

先程のレックスとディエゴの試合と同等の人数が第三闘技場には集まっていた。どうやらここ最近、全くと言っていい程エルザに挑戦する者がいなかったため、久々の第二席の試合に生徒が押し掛けたようだ。

普段のマリアであればそれだけで怖気《おじけ》づいていたであろう。だが、今は違った。自分の向かいに立っている人物がそれを許してはくれなかった。エルザの表情は面倒見のいい、優しいお姉さんのモノではない。圧倒的な威圧感を身体《からだ》から放ち、マリアを睨み殺さんばかりに鋭い視線を向けていた。

「不思議な気分だよ、マリア。今私の中では可愛い後輩の成長を感じて嬉《うれ》しい気持ちと、そんな後輩と戦わなければいけないというやるせない気持ちが交じり合っている」

エルザがため息交じりで寂しそうに笑う。おそらく本当の事だろう、彼女は嘘《うそ》がつけない人なのだ。

「私は……少し意外でした。こんな無謀なことをして先輩は怒るかと思っていましたから」

「怒る、か。何にも考えずにこんなことをするならそうなっていただろうな」

エルザが腰に携えている銀の剣を抜く。その剣は刃こぼれ一つない美しい騎士剣だった。

「だが、そういうわけではないのだろう？　それはマリアの顔を見ればわかる」

エルザは目を瞑《つぶ》りながらゆっくり息を吐き出すと、剣を構え一瞬にして顔つきを変える。それはまさしく戦場に向かう戦士のそれだった。その迫力にごくりとつばを飲み込みつつ、マリアも杖を持つ手に力を込める。

「もう無理だと判断したらすぐに言え。どんな体勢だろうと私は即座に攻撃をやめる」

「……わかりました。胸を借りるつもりで挑ませていただきます」

二人の会話が終了したと判断した監督役の教師が静かに口を開いた。

「それでは二人とも正々堂々立ち合うように。…………はじめ!!」

鳴り響く雷鳴。開始の合図とともにエルザが自分の身体に雷を落とした音だ。マリアも咄嗟《とっさ》に魔法陣を組み始めた。

魔法陣を一つ描き上げ、続いてその上に同じ魔法陣を重ねる。少々歪《いびつ》になってしまったが、何とか二つ目も終え、さらに三つ目を重ね合わせ上級魔法《トリプル》の魔法陣を構成しようとした。だが、こちらに向かってきていたエルザに焦りを感じ、魔法陣の構築に失敗してしまう。

「っ⁉ 〝竜巻砲《エアーブラスト》〟‼」

雷を纏《まと》い、真正面から小細工なしで突っ込んでくるエルザを見て、マリアは上級魔法《トリプル》を断念し、風属性の中級魔法《ダブル》を放つ。不完全なまま魔法陣を発動させたため、発射した竜巻は小さく、エルザはそれをもろともせずにマリアの前まで一瞬でやって来た。慌てて杖を身体の前に構えるが、エルザはそのままの勢いで雷の迸《ほとばし》る剣でマリアの杖ごと斬りつける。

バチバチッ！　と強烈な光が視界を埋め尽くしたと思ったのも束《つか》の間《ま》、気がつけばマリアは激しく壁に叩きつけられていた。

「げほっ‼　がほっ‼」

背中に強い衝撃を感じ呼吸が一瞬止まる。足に力が入らず、地面に手をつきながらせき込むと、口の中に血の味が広がった。マリアはふらふらになりながらも杖を支えにし、なんとか立ち上がる。そんなマリアをエルザは無表情で見つめていた。その表情から彼女の考えていることを読み取ることができない。

「ま……だ、これからです……!!」

「………」

攻撃が直撃したわけでもないのに既に息も絶え絶えなマリアが魔法陣を構築する様を、エルザは何も言わずに黙って眺めていた。かなりの時間をかけ、なんとか魔法陣を組み上げることに成功したマリアがエルザ目がけて魔法を放つ。

「〝飛び交う岩石《ストーンガンズ》〟!!」

マリアが唱えたのは地属性の上級《トリプル》魔法。本来であれば巨大な岩の塊が無数に飛んで行くものなのだが、彼女のはこぶし大の岩が数発飛んでいっただけであった。それを見たエルザは小さくため息を吐《つ》くと、高速で中級《ダブル》魔法の魔法陣を組成する。

「〝弾ける雷雲《サンダークラウド》〟」

エルザの生み出した魔法陣から放たれた雷が的確にマリアの岩を破壊していった。そして、そのまま障害物を排した雷が容赦なくマリアに襲いかかってくる。慌てて魔法障壁を展開したマリアだったが、それもろとも彼女の身体を容易《たやす》く吹き飛ばした。

「あっ……あっ……」

マリアの口から悲鳴にならない声が漏れる。奇妙な浮遊感から突然降ってくる地面。いや、降って来たのは自分の方か。地面に勢いよく叩きつけられたマリアは盛大に血を吐いた。エルザは剣をおろすと、うつ伏せに倒れているマリアの方へゆっくりと歩み寄っていく。

「気が済んだか、マリア」

静かな声でエルザが言った。だが、切り刻むような痛みが身体中を蝕《むしば》んでいるマリアの耳には届かない。

「上級魔法《トリプル》どころか中級魔法《ダブル》すら満足に組成できないお前に、勝ち目は万が一にもないぞ」

意識がぼやける。今まで争うことから逃げてきたマリアにとって初めての感覚だった。

「これ以上戦う意味はないだろう？　早く負けを認めてくれ」

負けを認めてくれ、その言葉だけがやけにはっきりと聞き取ることができた。認めるも何も、自分は最初から先輩に勝てるなんて思っていない。ただ、自分がどこまでできるかを確認したかっただけだ。……あぁでも、それ以前の話だったのかもしれない。自分程度が覚悟を決めたと息巻いたところで、こうなることは目に見えていた。

このまま目を閉じてしまえば楽になれるんだろうなぁ……何もかも捨てて、このまま……。

――コレットさんの初級魔法《シングル》って奇麗だな

……えっ？

――見てて惚《ほ》れ惚《ぼ》れするよ

……この声は？

――無理に重ねることないんじゃないかな？

……あぁ、この心が安らぐ声はあの人の。

――コレットさんは初級魔法《シングル》に自信を持つといいと思うよ

……そうだ。これは自分が中級魔法《ダブル》の魔法陣が組めなくて、四苦八苦していた時に何気なく言われた言葉だ。彼はおそらく覚えていないとは思うが、なんだか救われたような気持ちになった自分にとっては、かけがえのない大事な言葉。

途切れかけていた意識が覚醒する。自分の身体に力が戻ってくるのを感じた。マリアは軋《きし》む身体に鞭《むち》を打ち、懸命に立ち上がると静かに佇《たたず》むエルザに向き直る。

「……その顔を見ると、まだ諦めていないようだな。いいだろう」

僅かに表情を曇らせたエルザがマリアに向けてスッと手をかざした。そして、三つの魔法陣を重ね、上級魔法魔法陣《トリプル》を組成する。

「直撃はさせない。ただ、マリアを負かすにはもう気絶させるしか思いつかないからな。覚悟してくれ」

マリアは自分では生み出せないような魔法陣が目の前で構築されていくのを落ち着いた心で見つめていた。正直に言えば、エルザの魔法相手に今から自分がしようとする事は正気の沙汰ではないと思う。だが、不思議と恐怖はなかった。なぜなら誰かが自分の背中を押してくれているような気がしたからだ。

力強く杖《つえ》を握る。そして、その先をエルザの方へと向けた。

「〝駆け巡る雷狼《ライトニングウルフ》〟!!」

エルザの魔法陣から雷の狼《おおかみ》が三匹駆け出してくる。流石《さすが》は第二席ということか。生き物を模する魔法は難易度が高いはずなのだが、剣技も魔法陣も全く死角がない。本当にすごい人に戦いを申し込んだ事を、マリアは改めて自覚する。

だが、それでも止まることなどできない。奇麗だと言われた自分の初級魔法《シングル》を信じぬく。

「なっ⁉」

マリアの組成した魔法陣を見てエルザは大きく目を見開いた。マリアが作り出したのは単なる火属性の初級魔法魔法陣《シングル》。かの者が褒めてくれた初級魔法魔法陣《シングル》。

魔法陣の大きさにより、魔法の威力は決定する。だが、無闇矢鱈《やたら》に巨大な魔法陣を組成すればいいというわけではない。確かに魔法陣を大きくすることで魔法の威力を上げることはできるが、魔法陣を描く時間が長くなり、魔力の消費量も飛躍的に上昇する。結果的に実戦を考えた場合、適度な大きさの魔法陣を組成することが大事になってくる。

だが、マリアが今作り出した魔法陣の大きさは常識では考えられないほど巨大なものだった。マリア自身初めての試みではあったが、アドバイス通り初級《シングル》魔法の魔法陣だけをひたすらに練習してきた彼女は、この大きさの魔法陣でも、小さい魔法陣を組成するのと同じ速度で作り上げることができた。

「〝小さき炎の玉《ファイヤーボール》〟!!」

唱えたのは基本的な魔法。マジックアカデミアにいる者なら、この学校に入学する前に使えるような小さい火の玉が飛んでいくだけの単純なもの。だが、マリアのそれは違った。魔法陣から出てきたのは極大の炎弾。彼女に向けて放たれた三匹の雷狼を飲み込んでまっすぐにエルザへと飛んでいった。

「初級《シングル》魔法で上級《トリプル》魔法を呑《の》み込んだだと!?　ちっ!!」

咄嗟に初級身体強化《シングルバースト》を施したエルザはマリアの炎弾をかろうじて躱《かわ》す。その間にもマリアはエルザの方に走りながら、違う初級《シングル》魔法魔法陣を組成した。

「〝石飛礫《ロックシュート》〟!!」

「っ!? 〝弾ける雷雲《サンダークラウド》〟!!」

マリアが魔法陣を発動したのを見て、咄嗟に魔法陣を組み上げる。先ほど、マリアの上級魔法《トリプル》を退けたはずの魔法が、たかだか初級魔法《シングル》に全て弾《はじ》き飛ばされてしまった。一瞬顔を歪《ゆが》めたエルザはしっかりと地面を踏みしめると、岩を見据えながら騎士剣を真上に掲げる。

「はぁぁぁぁぁぁぁ!!」

力強い掛け声とともに一気に剣を振り下ろした。雷により切れ味が上がっている剣は、豆腐を斬るかのように巨大な岩を真っ二つにする。その割れた岩の間からエルザ目がけてマリアが飛び出してきた。

「マ、マリアッ!?」

慌ててエルザが剣を構えるが、自分の初級魔法《シングル》の方が速いはず。そう思いながらマリアは魔法陣を構築しようとする。

「………………あれ?」

急に視界がぐらついた。鎖で縛られたかのように身体の自由がきかない。

マリアはふらふらとエルザに近づいていき、そのまま力なく倒れかかった。エルザは少し驚きながらも、そんな彼女を優しく抱きかかえる。

「……魔力切れだな。慣れないことをするからだぞ、ばかたれ」

「ごめ……んなさい」

うまく口が回らない。それどころか全然身体《からだ》に力が入らない。エルザは呆《あき》れたように息を吐きつつ、マリアを抱きしめながら優しく背中を撫《な》でた。

「……だが、マリアの強さはしっかり見せてもらったぞ。いい勝負だった」

エルザの優しい声音がマリアの身体を包み込んでいく。薄れゆく意識の中でマリアはそっと笑みを浮かべた。

あぁ……やっぱり先輩は優しいなぁ。先輩と戦えて本当に良かった。

マリアはエルザに身を預けたまま、ゆっくりと目を閉じていった。


俺は医務室のベッドで横になっているマリアの寝顔を静かに見つめていた。正直な話、マリアには驚かされたわ。エルザ先輩の魔法で吹き飛ばされたときは思わず声を上げそうになったが、結果的にあの天下の第二席に一矢報いたんだよな。

フローラとシンシアがベッドの側《そば》にある椅子に腰かけながら、心配そうにマリアの様子を見ていた。この二人がいるなら俺は必要ないか。マリアのことは二人に任せて、俺は静かに医務室から外に出る。

そんな俺を待っていたのか、医務室の前にはエルザ先輩が腕を組んで立っていた。

「お疲れ様です」

「あぁ……マリアは平気か？」

「心配ありません。フィオーレ女医は優秀ですから」

先ほど先輩がかけてくれた言葉を、そっくりそのまま返してみる。俺の言葉を聞いてエルザ先輩はホッとしたように表情を緩めた。マリアが望んだ戦いとはいえ、責任を感じていたんだろう。相変わらず律儀な人だ。

「あそこまで食らいついてくるとは想定していなかった」

「そうですねぇ……前までのマリアならこうはならなかったでしょうね」

「その口ぶり……お前はあの子があそこまで必死になっていた理由を知っているのか？」

探るような目でエルザ先輩が見てくる。必死になっていた理由、か。普段のマリアを知っているエルザ先輩ならなおの事、今日のマリアの姿は驚きだったろうな。やられても諦めずに立ち上がろうとするマリアの強さは俺の想像すら超えていた。

「マリアが必死になっていたのは惚れた男のためですよ」

「それはお前の事か？」

「……だったらよかったんですけどね」

俺は苦笑いを浮かべながら肩を竦《すく》める。そんな俺を見たエルザ先輩はニヤリと笑みを浮かべた。

「なんだ。レックスの女ったらしもマリアには通用しなかったのか？」

「誰が女ったらしですか」

俺はエルザ先輩にジト目を向けながらため息を吐《つ》くと、さっさとこの場を離れようとする。やらなきゃいけないことができたからな。

「……どこに行くんだ？」

エルザ先輩はそんな俺を横目で見ながら、静かな声で呼び止めた。だが、俺は振り返らずその言葉に答える。

「訓練場ですよ」

「マリアに触発されたか？」

「あんな姿見せられたら、燻《くすぶ》っているわけにはいかないでしょ？」

俺はそれだけ言うと、まっすぐ先を見据えながら歩き始める。背中にエルザ先輩の視線を感じていたが、先輩はそれ以上俺に何も言ってこなかった。俺は脇目も振らずに目的地へと向かっていく。

つまらない、最近は何に関してもそんな風に思っていた。だけど本当につまらないのは、あいつを失ってなにもかもどうでもよくなってしまった俺自身だったんだな。

俺も決めたよマリア。俺はもう誰にも負けない。この学校だけじゃない。この国で、この世界で一番強くなってやる。

だから競争だ。標的は俺もマリアも同じ相手。残虐非道な悪の親玉。

どっちがあいつの仇《かたき》をとっても恨みっこなしだからな。

第２章　俺が農業で汗を流すまで

フェルに別れを告げ、セリスの転移魔法で《美食の街・デリシア》にやって来た。なんでも、デリシアは更に四つの町に分かれているらしく、一番初めに連れてこられたのはベッドタウンってところだった。

ここはデリシアで生活する奴《やつ》らが住んでる居住区で、デリシアに訪れたお客さんをもてなす宿場町でもあるんだってさ。ここへ来る前にセリスが説明してくれたわ。街並みは俺が暮らしていた王都とそう変わるものでもなく、肉屋や八百屋、魚屋といった食に関する店が数多く存在している。それに負けないくらい料理屋が立ち並んでいた。

「いい匂いがするな」

「美食の街ですからね。料理の匂いが街に充満しているんですよ」

俺はすんすんと鼻を動かしながら辺りを見渡す。肉の焼いた香ばしい匂いやスパイスの利いた匂いがそこかしこから漂っており、街を歩いているだけでお腹《なか》が鳴りそうになった。

匂いだけでもこれだけ美味《うま》そうなんだ、これは味の方もかなり期待できそうだ。

「それにしても色んな種族がいるな」

一見、どの種族の街なのかわからなくなりそうなほど、色んな種族が街に訪れていた。こりゃアイアンブラッドとは比べ物にならねぇな。多分食材を求めてやってきているんだろうが、精霊に獣人……うわっ巨人までいやがんのか。それにしてもみんな俺を避けているような……はて、なんでだろう？

「クロ様……ご自身が人間であることをお忘れなく」

セリスが呆れたような顔で忠告した。あっそうだった。アイアンブラッドの街に慣れすぎてすっかり忘れてたけど、俺はこいつらが目の敵にしている種族だったんだよな。

「まぁいずれ俺も普通に街を歩けるようになるだろ！　みんなが俺の魅力に気づいちまうのも時間の問題だ！」

「……そうですね」

寂しい気持ちを隠すために、わざとおどけた調子で言ってみたら、セリスが優しく微笑《ほほえ》んできた。おろ？　なんかやけに優しいな。てっきり「また楽天的なことを言って……」とか小言を言われるかと思った。……なんか調子でねぇ。

「……朝食に変なものでも食ったか？」

「もしそうだとしたら、あなたも変なものを食べていることになりますよ。さぁ、バカなこと言ってないでさっさとギーの所に向かいましょう」

そうでした。俺達朝食を一緒に食べているんでした。

冷たく言い放つとセリスはスタスタと前を進んでいく。うんうん、やっぱりセリスはセリスだったわ。安心した。

美味《おい》しそうな匂いの前によだれが出そうになるのを必死に堪《こら》え、しばらく街の中を歩いているうちに着いたのが大きな屋敷。ここがあのトロールの屋敷かぁ……流石《さすが》は魔王軍の幹部、良いところに住んでるな。え？　俺？　柱が腐りかけている古びたおんぼろ小屋ですが何か？

さて、どうすっかなー。アポイント取ってきたわけじゃねぇしなー。とりあえず屋敷の前に立っている門番っぽいトロールに声をかけてみるか。

「あー……魔王軍指揮官のクロなんだけど、ギーいる？」

なんか友達の家に訪ねたみたいな言い方になっちゃった。隣からセリスの視線を感じるがもう言っちまったもんはしょうがない。

門番のトロールはぎろりと俺の顔を見ると「……少々お待ちください」と言って屋敷の中に入っていった。すげー執事っぽい。半裸のくせにできる執事っぽい。ってか、トロールは半裸じゃなきゃいけないっていうルールでもあんのけ？

他愛《たあい》もないことを考えながら屋敷をぼーっと眺めていたら、さっきのトロールが足早に戻ってきた。

「領主様がお会いになるそうです。ご案内いたします、こちらへ」

一礼してから手で示し、俺達を屋敷に招き入れる。……丁寧すぎやしませんかね？　見た目は完全に人間をぶちのめしていそうなモンスターなんですが？

戸惑っている俺をよそに、セリスはいたって平然と屋敷の中へと入っていく。魔人ってそんな感じなの？

トロールに連れられて屋敷の中を歩いていくと、一際《ひときわ》立派な扉の前で止められる。

「ここが領主様の部屋になります。では、私はこれで」

きっちり四十五度の角度でお辞儀をすると、トロールはさっさと自分の持ち場に戻っていった。うーん、俺が思っていた魔人と違う。もっとこう……馬鹿で粗暴で短絡的な種族だと思っていたんだが。超高級レストランのウェイターみたいな感じだったぞ。ちょっと緊張しちゃったもん、俺。

「何をしているんですか？　入りますよ」

去っていくトロールの背中を見ていると、セリスがノックをする姿勢でこちらに目を向けてくる。俺は慌てて黒コートの裾を正し、セリスに頷《うなず》き返した。

コンコン。

「おーう。入ってくれ」

なんともやる気のない声が返ってきた。俺達は扉を開け、中へ入っていく。

部屋の中は貴族の執務室のようであった。大きな机にはたくさんの書類があり、部屋の壁は本棚に変えられ、数え切れないほどの本が並べられている。

まさにできる男の部屋。それだけに椅子に座って書類を眺めている緑の巨体が、部屋にマッチしてなさすぎた。

「ん？　あーセリスも来ていたのか……」

ギーは書類を机に置き、かけていた眼鏡をはずした。いやいや眼鏡よりも先に身に着けるもんがあるだろ。まず上着を着ろ。

ジト目を向ける俺の前で肩のコリをほぐすように大きく伸びをすると、ギーはセリスに視線を向ける。

「そういやお前は指揮官の秘書になったんだったな。同情してやった方がいいか？」

「……それはどういう意味ですか？」

セリスの眉がピクリと反応した。あれ？　なんかいきなり良くない雰囲気になっていませんか？

「別に深い意味はねーよ……ただ、俺達の中でも特に人間を憎んでいるであろうお前さんが、その人間と行動を共にしなくちゃならないのが不憫《ふびん》でな」

ギーが底意地の悪そうな笑みを浮かべる。俺は思わずセリスの顔に目をやったが、セリスはこちらを見ようともしない。

「……それとこれとは話が別ですから」

「別なもんかねぇ。……人間なんてどいつもこいつも同じだろ、俺達の敵さ」

軽い口調で告げるギーに対して、明らかに剣呑《けんのん》とした空気を醸し出すセリス。正直怖いっす。隣にいるだけなのに背筋がピンッてなります。

それよりも人間は敵、かぁ……んー、そう言う割にはギーからそこまでの警戒心を感じないんだよな。どっちかというと挑発？　いや、なんか試されているような気がする。

「クロ様は私達の敵ではありません」

きっぱりと言い切ったセリスを見て、ギーが驚きの表情を浮かべた。俺も驚いた。まさか俺のことを庇《かば》ってくれるとは夢にも思わなかった。

「こんな後先考えない人がルシフェル様の敵になどなりえません」

違った。けなされていただけだった。くそが。

そんなセリスをギーはゆっくりと背もたれに身を預けながら興味深そうに見つめる。

「……なるほどな。よーくわかった」

何がわかったんだ緑禿《は》げ。俺が敵として取るに足らないやつだってことか？

魔法ぶち込むぞこの野郎。

「さて、と。挨拶が遅れたな指揮官さんよ。俺はこの街の領主をやっているギーだ……って、初対面じゃないから自己紹介はいらねーか」

随分フランクな感じで話しかけられたんだけど。見た目とのギャップが半端ない。初めて会った時はえらくそっけなかったっつーのに。

「指揮官さんがこんな街に一体何の用で？」

「この街の視察に来た。一応魔王様の命令だ」

「視察、ねぇ……」

ギーは顎を撫《な》でながら、俺のことを値踏みするように見る。

「こちとら真面目にコツコツ働いているもんでな。新米指揮官さんに怒られるようなことは何一つやってないつもりなんだがな」

「……視察と言っても悪事を働いているかの確認ってわけじゃなく、問題点があればそれを改善するのが目的だ」

「問題……それならあるぜ？」

ギーがニヤリと笑みを浮かべる。イケメンがやれば絵になるが、こいつがやっても獲物を前にした怪物にしか見えない。

「この街はなぁ、魔族領のほとんどの食料を賄っているんだ」

「あぁ、そうらしいな」

魔王の城で使われている食材も、アイアンブラッドに運ばれて来る野菜とかも全部デリシアで作られたものらしい。これもセリスから事前に教わったことだ。

「とは言っても、魔族ってのは結構たくさんいるんだよ。食材の消費もバカにならん」

「まぁ、そうだろうな」

「食べるっていうのは生きるために必要なエネルギーの補給だ。食材がありません、じゃ許されないってもんだ」

……なんか当たり前の事を言われているような気がすんだけど、もしかしてバカにされてる？

「そんな大量の食材を毎日毎日供給するのは大変なんだよな」

「話はわかった。で？　何が問題なんだ」

なかなか結論を言わないギーに若干イライラしながら俺は尋ねた。

「人手が足りない」

「……は？」

「聞こえなかったか？　人手が足りない」

ぽかんとした表情を浮かべる俺に対して、ギーがあっけらかんと言い放つ。これはまたえらく単純な問題であり、解決しづらいやつがきやがった……。そんなん子供作れとしか言いようがない。適当に人間のメスを連れてきて襲いかかんのが得意だろお前ら。完全にイメージでそう思っているけど。

でも、俺はそんなこと言わない。なぜなら通常業務で人手が足りないとなればアイアンブラッドに引き抜くことなど夢のまた夢だからだ。セリス曰《いわ》く魔人達は料理の才に溢《あふ》れている者が多いとのこと。是非とも有望なコックをアイアンブラッドに拉致……招待したいのだ！

「話はわかった。俺が直接現場に赴く。それで仕事を手伝いながら解決策を探せばいいんだろ？」

「おぉ。そうしてくれんのか。悪いな」

ギーがわざとらしく驚いたそぶりを見せる。この狸《たぬき》が……そういう風に仕向けたのはお前だろうが。

話は終わりだとばかりに俺が踵《きびす》を返し、部屋を出ていこうとしたらギーに呼び止められた。

「まずはベジタブルタウンに行ってくれ。あそこはゴブリン達が仕切っているから話を聞くといい。……あぁ、くれぐれも指揮官だってことは内密にしておいてくれよ？　緊張しちまって作業にならないからな」

「……わかった」

あくまで一般人としてふるまえってか。言ってくれますねぇ。俺は人間なんだが？　まぁ、文句を言ったところで何も変わらねぇだろうな。これ以上ここにいて得られることはないと判断した俺は、セリスを連れてさっさとギーの部屋を後にした。

ギーの屋敷を出た俺達はしばし無言で歩く。さりげなくセリスの様子を見るけど、その表情からは何も窺《うかが》い知ることはできない。
──俺達の中でも特に人間を憎んでいるであろうお前さんが、その人間と行動を共にしなくちゃならないのが不憫でな
ギーの言葉がずっと頭にこびり付いていた。セリスがそれほどまでに人間を憎んでいるだなんて話、本人からもフェルからも聞いたことがない。……でも、もしそれが本当なら俺といるのは辛《つら》いんじゃないのか？

出会ったばかりなら別に何とも思わなかったけど、今はセリスに多少の信頼を置いている。多少な、多少。だから、俺の事を憎んでいるかどうか気にならないわけがねぇ。とはいえ、直接聞くのはなぁ……。

俺は迷いながらも、意を決して口を開く。

「なぁ、セリス……お前……」

口から出た俺の声はえらく掠《かす》れていた。何緊張してんだよ。普段通りに話しかければいいじゃねぇか。

「……なんでしょうか？」

その顔を見て喉まで出かかった言葉を飲み込む。

セリスはどうしようもないという事を悟ったかのように、困った顔をしながら笑っていた。その声にはいつもの刺々《とげとげ》しさは一切感じられず、触れてしまえば壊れてしまう程儚《はかな》げなものだった。

なんだよ、その顔……。

俺は自分の拳を力いっぱい握りしめる。

「……さっさと連れてってくれよ」

「え？」

「俺はベジタブルタウンなんか行ったことねぇんだから、お前の転移魔法で行くしかねぇんだよ」

聞けるわけねぇじゃねぇか、そんな顔しているやつによ。なんだかんだいつも一緒にいるから、顔見りゃ考えていることくらい大体わかるんだよ。話したくないのも、知られたくないのも。

俺は目を見開いて驚いているセリスから不貞腐《ふてくさ》れたようにそっぽを向き、ずんずん前を歩いていく。そんな俺をセリスは早足で追いこし振り返ると、後ろで手を組みながら微笑《ほほえ》みかけてきた。

「転移魔法で行くなら歩く必要ないですよ？」

「……わーってるよ」

ぶっきらぼうな口調で言いながら何気なくセリスの顔を確認する。いつもの凛《りん》とした表情に戻っているのを見て俺は内心ほっと胸をなでおろした。

ったく……気を遣わせせんなよな。

そんなわけでセリスの転移魔法でやってきたぜベジタブルタウン。初めてここに来た俺の感想。

うん、畑と田んぼだわ。

まじでそれしかねぇ。時々、倉庫みたいなのがあるけどそれだけ。田園風景が広がる田舎を想像してみろ、って言われたらほとんどの奴《やつ》がこんな景色を想像するだろ。

少し離れたところでなにやら緑の生物が畑を耕しているように見える。村にいた頃は狩りの仕事ばっかり手伝っていたから畑仕事とかよくわからん。

「やい！　そこのお前！」

俺が暢気《のんき》に辺りを見回していると、ちっこい変な奴がこっちに近づいてきた。

「お前だな？　領主様が言ってた捕虜になった人間っていうのは！　あっ、セリス様！　ご苦労様です！」

俺に敵意むき出しの視線をぶつけた後、セリスに対しては改まって頭を下げる。なんだこいつ？　俺の腹くらいまでしか背丈がないくせにめちゃくちゃエラそうなんだけど。つーか、捕虜って何の話だ？

「セリス様も大変ですねぇ……こんな奴のお目付役に任命されるとは。ギー様に話は聞いてますよ！　捕まえた人間を労働力として使役するとは、流石《さすが》は幹部様！　発想が違いますね！」

緑色の身体《からだ》をした変な奴は感心したように何度も頷《うなず》いている。はー、なるほど……そういう設定にしたのね。それなら人間である俺が働きにきてもおかしくないわけだ。随分手回しが早いな、ギーさんよ？

俺はセリスとアイコンタクトを交わす。セリスも把握したようで小さく頷き返してきた。

「おい！　人間！　本当は処分されてもおかしくないお前を、人手が足りないってことでしょうがなく使ってやるんだからな！　ありがたく思え！」

何だこいつ。ジャガイモみたいな顔しやがって。こいつがセリスの言ってたゴブリンか？

「オイラはこのベジタブルタウンの監督役、オルルディルオールメルランディルだ！」

名前なげぇよ！　どんだけ「ル」を使うんだよ！　滑舌悪い奴お前のこと呼べねぇよ！覚えられねぇし、そもそも覚えるつもりもない。お前なんかゴブ太《た》で十分だ。

「俺はクロムウェルだ。よろしくな、ゴブ太」

一応偽名を名乗っておくか……って、バリバリの本名なんだけどさ。こっちじゃ知られてないだろうから問題ないだろ。つーかゴブ太の奴、俺が比較的愛想よく挨拶したのになぜか眉を怒らせてやがる。

「お、お前っ!!　何だその態度は!?　それにゴブ太じゃない!!　オイラの名前はオルルデイルオールメルランディルだ！」

「なげぇんだよ。なんだったらゴブ吉《きち》でもいいけど？」

俺が耳の穴をほじりながら言うと、ゴブ太は顔を真っ赤にさせながらその場で地団駄を踏んだ。なんかピーマンからパプリカに変化したみたいだな、形はジャガイモのままだけど。

「むかー!!　オイラはここの監督役だぞ⁉」

「はいはい」

「お前なんかオイラの一存でどうにでもなるんだぞ⁉」

「はいはい」

「はいは一回でいいんだよっ!!」

「はいはい」

「オイラは本当に偉いんだぞ⁉　わかってるのか⁉」

「うるせぇな、わかってるよ。あんまりしつこいとぶっ飛ばすぞ」

「あれ？　捕虜ってなんだっけ？　こんな感じだっけ？」

どっからどう見ても捕虜だろうが。恐ろしい金髪悪魔に捕まってんのが見えねぇのか？

ゴブ太がオロオロしながら不安そうにセリスへと顔を向ける。セリスはゴブ太に笑いかけながら、容赦なく俺の頭をはたいた。

「痛《い》ってぇ!!」

「ごめんなさい、ゴブ太さん。捕虜にするときに幻惑魔法をかけたから、まだ少し頭が混乱しているみたいなんです」

セリスはゴブ太に謝りながら俺の頭を下げさせようとする。いや、お前は名前で呼んでやれよ。ゴブ太も訂正したいのにできなくて困っちゃってるじゃねぇか。可哀想《かわいそう》に。

俺は抗議をしようと顔を向けたが、セリスに怖い顔で睨《にら》まれ、渋々ゴブ太に頭を下げる。

「すいません。新人のクロムウェルです。よろしくお願いします、ゴブ太監督」

「だからゴブ太じゃ……あーもういい！　とにかく仕事をやるからついてこい!!」

ゴブ太は投げやりな感じで言うと、肩を怒らせながら歩いていった。ダラダラとその後ろについて行こうとしたら、セリスが怒り顔で詰め寄ってくる。

「何やってるんですか!?　もっと言葉を慎んでください！」

「へいへい。わかってますよ」

俺が面倒くさそうに返事をすると、セリスはさらに顔を険しくしたが、大きくため息を吐《つ》いただけでそれ以上は何も言ってこなかった。少しくらいからかってもいいだろうに。

景色に目をやりつつ、ゴブ太に連れてこられたのはだだっ広い荒地だった。なぜかこちらに鍬《くわ》を差し出しているゴブ太を俺は不思議そうに見つめる。

「どうした？」

「ここを耕すんだ！」

「そうか、頑張れ」

「おう！　……って、お前がやるんだよ!!」

なるほど、ゴブ太はノリツッコミもいける、と。なかなか面白いなこいつ。ジタバタ暴れているゴブ太の手から鍬を受け取り、荒地に目をやる。それにしてもここ全部耕すのかよ。下手すりゃアイアンブラッドにある工場より広くないかこれ。……まぁ、酒場のために頑張るしかねぇか。

俺は盛大にため息を吐きながら借り物の鍬で地面を耕し始めた。うん、始めたんだけどさぁ……はっきり言って舐《な》めてたわ。畑仕事舐めてた。

ゴブ太が使っている鍬とか鋤《すき》とかがさ、デュラハン印だったからついテンション上がって全力で耕してたんだけど、三十分で力尽きたわ。

振り上げては振り下ろし、振り上げては振り下ろしを繰り返してたらまず腕が死にました。続いて肩と腰、最後に全身。こんなに身体全体を使ってやるもんだとは思ってなかったわ……そういや村にいた畑のおっちゃんもやたらマッチョだったたな。こんなん毎日やっていたらそりゃムキムキにもなるわ。

　これだけの全身運動ならダイエットに最適だよ、なぁセリス？　と、頭の中で考えていただけのはずなのに、なぜか遠くから岩の塊が飛んできた。……あいつ、日に日に俺の考えを読むのが上達していやがる。

　そんなこんなでヘロヘロバテバテな俺のもとにやって来たゴブ太が、午前中の成果を見て鼻で笑った。

「やっぱり人間なんてこの程度だな！　人手が足りないっていうのに、こんなのじゃいてもいなくても変わらないだろ！」

「ハァハァ……うるせぇな……」

「口の利き方!!　オイラは監督だぞ!!」

「緑のジャガイモの分際で俺に指図してんじゃねぇよ、くそが《大変申し訳ありません、ゴブ太監督》」

「心の声ぇ……」

　ゴブ太はシュンと肩を落としたが、顔をブンブンと横に振り、気を取り直して俺を睨みつけた。

「おい！　クロムウェル!!　お前みたいな人間にも餌を用意してやったぞ!!　ありがたく思え!!」

えっまじ？　ご飯くれるの？　めっちゃ腹減ってたんだよなー。

「さぁ、ゴブ太監督！　さっさと行きましょう！」

「……お前めちゃくちゃ現金な奴だな」

ゴブ太がジト目でこちらを見てくるが、俺には関係ない。料理が美味《うま》いと噂《うわさ》の魔人族が作る飯が食えるんだ、楽しみじゃないわけないだろ。

食事場はベジタブルタウンで一番大きな倉庫だった。いや、俺が勝手に倉庫だと思っていたところは住み込みで働くゴブリンの寮だったみたい。

食事場に入ると一斉に視線が集まってくる。……あれだな、デュラハン達の視線が集まったときは思わずたじろいだけど、こいつらの視線が集まっても別に何とも思わん。むしろ見てんじゃねぇよ、ってメンチ切りたくなるから不思議。

こちらを見るゴブリン達は様々だった。敵意を向けてくる者、怖がっている者、中には物珍しそうに見てくる奴もいた。

俺が暢気にゴブリン達を観察していると、俺を連れてきたゴブ太は正面に置いてある大きな鍋まで走って行く。そして、鍋の前に立ち、腕を組みながら全員を睨みつけた。

「お前ら！　わかっているだろうな!?　オイラの名前を正確に言えた奴から順に、オイラ特製のシチューをよそっていくからな！」

作ったのお前かよ。楽しみだったのになんかすげー不安になってきた。つーか、名前を言えた奴からってなんだよ。オルなんちゃらなんて長い名前覚えてるわけねぇだろうが。

ゴブ太の言葉が終わるや否や、ゴブリン達が一斉に列をなした。仕方がないから俺も皿とスプーンをテーブルからとって、それに加わる。

「オルルディオールメルランディル監督、ください!!」

「ぶぶー！　ルが一つ足らない！　つぎぃ!!」

「アルルディルメルランディー監督、ください！」

「全然ダメ!!　つぎぃ!!」

全然名前言えてねぇじゃねぇか。この雰囲気から察するにこれって毎日やっているんだろ？　流石に覚えろよゴブリンども。

最初の方は口で言っていたゴブ太も、スピード重視に切り替えたのか、首を素早く左右に振るだけで不合格を言い渡す。ちなみに今のところ合格者はゼロ。

「オルルディオーランディル監督、ください!!」

「ディオールマルランディル監督、ください!!」

「オルルディオールランプティー監督、ください!!」

「おい、ゴブ太。よこせよ」

「ゴブ太監督、くれでやんす」

「ゴブ太監督、シチュー欲しいんだなー」

「はいストーップ!!! 明らかに途中からおかしくなったよね!? 誰かのせいでみんなつられちゃってるよね!?」

おいおい、誰だよ団体行動を乱す奴《やつ》は……勘弁してくれよ。俺は早くシチューが食いたいんだよ。

「なんで呆《あき》れ顔でキョロキョロしてんだよ！ お前だよ！ クロムウェル!!」

ゴブ太に指をさされ、きょとん顔の俺。全然意味がわからないんだが。

「オイラはゴブ太じゃないって言っているだろ！ そんでもって後ろの二人も何普通にゴブ太って呼んでんだよ!!」

俺は後ろにいたゴブリン達と顔を見合わせ、三人同時に肩を竦《すく》める。

「とにかく！ お前ら全然オイラの名前言えないじゃないか!! 今日は全員ご飯抜き!!」

「「「えー!!」」」

俺を含めたゴブリン達が悲痛な叫びを上げた。だが、ゴブ太は不機嫌そうに顔を背けるだけ。

「横暴でやんす!!」

さっき俺と一緒にゴブ太って呼んだ、痩せほそっているゴブリンが抗議する。もう一人の太ったゴブリンも怒りの声を上げた。

「横暴なんだなー!!」

「そうだそうだ!!」

それに乗っかる形で他のゴブリン達も怒声を上げ始める。食事場は一瞬にして反発デモの現場に様変わりした。

「横暴！　横暴！」

「横暴！　横暴！」

「なんと言われようと、ダメなもんはダメだ!!」

ゴブ太は鍋の前で仁王立ちを決めこむ。それを見たゴブリンデモ隊達のボルテージが更にヒートアップしていった。

「横暴！　横暴！」

「横暴！　横暴！」

「横暴！　横暴！」

「寸胴《ずんどう》！　狭量！　バカ！　マヌケ！　アホ！」

「横暴！　横暴！」

「おいぃぃぃいいぃいぃぃ!!!　一人ただの悪口の奴いたぞ!!」

ゴブ太がデブゴブリンとガリゴブリンと肩を組んで叫んでいた俺のことを睨みつける。

俺は左右の二人に目配《めくば》せすると、互いに頷《うなず》きあいながらゴブ太の方に顔を向けた。

「「「ゴブ太！　ゴブ太！」」」

「なんでお前ら息ピッタリなんだよ!!」

ゴブ太……お前なかなかキレのいいツッコミするじゃねぇか……。俺は言葉には出さないものの、心の中では称賛の拍手をゴブ太に送っていた。

「……なにやっているんですか、あなた達は」

食事場に澄んだ声が響き渡った途端に騒がしかったこの場が静まり返る。全員の視線が、呆《あき》れたような顔をしながら、こちらに歩いてくるセリスに集中した。

「セ、セリス様だ……」

「相変わらずお美しい……」

「セリス様の姿が生で見られた俺はもう死んでもいい……」

ところどころでそんな声が聞こえる。ちょっと待て。人手不足なんかよりよっぽどまずい問題が発覚した。ゴブリン達の中に眼科に行った方がいい奴らがたくさんいるみたいだな。なぁ？　お前達？

　俺はなんか流れで肩を組んでいた二人のゴブリンに目を向けた。しかし、二人とも目をハートにしてセリスの姿に見入っている。まじかよ。

　セリスはゆっくりとした足取りでゴブ太の前に歩いていった。

「ゴブ太さん？　皆さんにご飯をあげることはできませんか？」

「こ、こればっかりはいくらセリス様の頼みでも……」

　おぉ！　ゴブ太！　ほぼ全員がセリスの魅力（笑）の虜《とりこ》になっているというのに、流石《さすが》は監督役なだけはあるな！　ちょっと見直したぜ！

「それにオイラはゴブ太じゃ……」

「ふふふ……そうでしたね」

　セリスが優しげな笑みを浮かべる。

「でも、オルルディルオールメルランディルさん？　私はゴブ太さんって呼び名の方が愛《あい》嬌《きょう》があって可愛《かわい》いと思いますよ？」

「……可愛い、ですか？」

　ん？　なんか流れ変わったぞ？

「はい。親しみがあってとっても素敵です」

「とっても素敵……？」

いやいやゴブ太、早まるな。

ゴブ太はセリスから視線を外すと、きりっとした表情で俺達の方に向き直った。

「おいお前達！　今日からオイラの名前はゴブ太だ！　今から名前をしっかり呼んだものに食事を配っていく!!」

ゴブ太、お前もか。

せっかく見る目あると思ったんだが、やはりセリスの猫かぶりにやられたか。見た目は確かにいいかもしれないが、あの女の中身はドロドロのヘドロのようになっていて……痛《い》たたたたたた!!!

「クロムウェルさん？　早く並ばなくてよろしいんですか？」

いつの間にか微笑を浮かべたセリス、いやセリスさんが俺の後ろに立っていた。セリスさ……セリス様、俺の背中の肉を指でつねって引き千切ろうとするのはやめてくださいませんか？

「と、とにかく俺達も並ぶぞ！　ゴブ郎《ろう》！　ゴブ衛門《えもん》！」

「「えっ？」」

二人が目をぱちくりさせながら俺を見ているが、構わず引っ張っていく。そして、俺達の番になったとき、三人同時にお皿を出した。

「「「よこせよ、ゴブ太」」」

「だからなんで息ピッタリなんだよ!!」

ゴブ太の叫び声が虚《むな》しく食事場に木霊した。やっぱりこいつのツッコミは侮れないぜ。

なんだかんだでシチューをもらい、俺はあの二人のゴブリンを連れて席に着いた。セリスが当然のように俺の目の前に座る。

「セ、セリス様もここで食べるでやんすか？」

ガリゴブリン、通称ゴブ郎が興奮した面持ちでセリスに尋ねた。

「ええ。私は彼のお目付役でして……ご一緒させていただいてもよろしいですか？」

「是非是………お目付役でやんすか？」

ゴブ郎とデブゴブリン、通称ゴブ衛門が同時に俺の方を見る。あーもしかして詳細を知っているのはゴブ太くらいなのか？

俺は二人にかいつまんで事情を話す。もちろんでっち上げの方だけどな。

「はー……だから人間がこんなところにいるでやんすねぇ……」

「最初見た時は驚きだったんだなぁー」

そう言いながらゴブ衛門は一足早くシチューを食べていた。全然驚いている風には見えねぇぞ。

「ゴブ郎とゴブ衛門は俺の事……てか、人間の事は憎くないのか？」

俺は素直に思ったことを尋ねてみる。この二人からは全くと言っていい程敵意を感じなかった。

「んー……よくわからないでやんすなぁ」

「そうだねー。実際に人間を見たのは初めてなんだなぁー」

「っていうかゴブ郎とゴブ衛門ってなんでやんすか？」

「ん？　お前らの呼び名だ」

俺が当然とばかりに言うと、二人は揃《そろ》って首を傾《かし》げる。しばらく何かを考えていた二人だったが、同時にコップを取り中の水を飲み干すと、静かにテーブルの上に置いた。

「まぁ、いいでやんすか」

「そうだねー」

「息ピッタリだな、お前ら」

こういうところがこの二人を気に入った理由だと思う。ガリとデブっていうありがちなコンビだけども、やっぱり王道を行ってこそってやつだな。ノリがいいのもグッド。

「ところで、クロ吉はシチューは食べないでやんすか？」

「クロ吉ぃ!?」

目の前でシチューを食べようとしていたセリスが思わずせき込む。おいおい、俺は一応ここではクロムウェルっていう立派な名前で……。

「まっいっか」

別にどう呼ばれようが関係ねぇわな。俺だってこいつらの事を適当な呼び名で呼んでいるわけだし。俺はあまり深く考えずにスプーンを手に取った。

「っていうか、これゴブ太が作ったんだろ？　美味《うま》いのか？」

「ゴブ太監督は名前はややこしいけど、料理の腕は確かでやんすよ」

「うんうん。名前はややこしいけど料理は美味《おい》しいんだなー」

「ゴブリンさん達は手先が器用で有名ですからね。食べてみましょうよ、ク、ク、クロ吉さん」

明らかにからかいの色を含んだセリスの声に俺は顔を顰《しか》める。こいつにそう呼ばれるのめちゃくちゃ腹立つわ。

まぁ、いい。今はとにかくシチューだ。う～ん、見た目も匂いも普通な感じするけど……。とりあえず一口……。

…………。

ナニコレ？　俺が知ってるシチューじゃない。
美味すぎる。舌がとろける。もう何が美味しいってとにかく美味い。野菜も美味いし、クリームソースも美味い。併せて食べるとなお美味い。総合的に言って美味い。ボキャ貧ですいません。

「はぁ……美味しいですねぇ……」

セリスも幸せそうな表情を浮かべていた。そんな顔になるよな、気持ちわかるぞ。いや、まじでこれにはびびった。ゴブ太の評価が一気に百は上がったな。ちなみに、今のゴブ太の点数はマイナス五百点です。

ってか、ここで働いている限り毎日ゴブ太の料理が食えるのか！　やべぇ！　最高じゃねぇか！　午前中はどうやってバックレようかずっと考えてたのに、こんな美味いもん食わせてくれるならもう少し頑張ってみるか、って気持ちになるわ！

残ったシチューとか家に持ち帰らせてくれないかな？　是非とも持って帰ってうちの天使に……。

そこまで考えて俺はあることを思い出す。はっきりいって思い出さなきゃよかったことを。

「ん。やるよ、ゴブ衛門」

「えー？　いいのー？　ありがとうー！」

俺は無表情で残りのシチューを皿ごとゴブ衛門に押しやった。そんな俺をゴブ郎とセリスが不思議そうな顔で見てくる。

「口に合わなかったでやんすか？」

「そんなことないですよね？　とっても美味しいですよ？」

あーそうだよ。美味いよ。本当ならもっとこの味を堪能したいっつーの。でも、こいつを食っちまったらお腹《なか》いっぱいになってあれが食えねぇんだよ。

俺は無言でセリスに手のひらを向けた。セリスは眉をひそめながら、自分のシチューの皿を腕で隠すようにして守る。

「……あげませんよ？」

「ちげぇよ！　……弁当よこせ」

初めは言っている意味が理解できなかったセリスであったが、その表情がだんだんと驚きへと変わっていく。

「えっ……そのためにシチューを……？」

「うるせぇな。……早くくれよ」

セリスは何とも言えない表情で空間魔法からお弁当を一つ取り出すと、おずおずと俺の前に置いた。

「もう一個もだよ。お前はシチュー食ってるから食べないだろ？」

セリスは少し躊躇《ちゆうちよ》していたが、もう一つのお弁当も俺の前に置く。俺は二つのお弁当を開けると、勢いよくがっつき始めた。

「す、すごい食べっぷりでやんすね」

ゴブ郎が俺の勢いに圧倒されたように呟《つぶや》く。その隣でゴブ衛門が物欲しそうに指を咥《くわ》えていた。

「美味しそうなんだなー。僕も少し食べてみたいんだなー」

「ためだ。シチューやっただろ。これは俺のもんだ」

俺は自分の身体《からだ》でゴブ衛門の視界から弁当を守ると、一心不乱に食べ物を口へと運んでいく。あまり大食いではない俺は勢いでかきこまないと、弁当二つなんて完食できるわけがねぇ。そんな俺をセリスが柔和な顔で見つめる。

「……よっぽどお腹がすいてたんですね」

「悪いかよ？　慣れない畑仕事をしてりゃ嫌でもそうなんだよ。お前もやってみろ」

「遠慮させていただきます」

はっきりとした口調であったが、その声は優しさに満ちていた。なんとなく気恥ずかしいから、かき込むスピードをさらに上げる。

「っていうか、捕虜なのに誰がお弁当なんて作ったでやんすか？」

激しく動いていた俺の箸がピタリと止まった。そうだった……俺は捕虜だったんだ。すっかり忘れてた。

「捕虜でも飲まず食わずだと死んでしまいますからね。城の人が用意してくださったんですよ」

「なるほどねー太っ腹だなー」

ゴブ衛門が自慢のお腹をポンッと叩《たた》きながら言った。うん。お前が言うと言葉の重みが違うわ。

「そういうことだ。この弁当は俺のために作られたものなんだよ。だから、お前らにはやれん。それに……」

「それに？」

「……………俺にはこっちの方が口に合うんだよ」

嘘《うそ》です。確かに我が兄弟ボーウィッドの奥さんであるアニーさんが作った料理の時はそう感じたが、ゴブ太の料理はそんなことを超越したような美味さでした。正直、あそこまで美味い飯を食べたことがありません。

……でもまぁ、こいつが嬉《うれ》しそうだし、いいとするか。

頬《ほお》を少し朱に染め、口を綻ばせながらシチューを食べているセリスを見て、俺はそんなことを思っていた。

昼食を終えた俺はゴブ郎とゴブ衛門に別れを告げ、午前中とは違うところへとゴブ太に連れていかれた。その場所を見てこれから何をやるのかをすぐに理解する。

「午後は草むしりだ！」

「だろうな……」

俺は好き放題伸びまくっている雑草を見てため息を吐《つ》いた。ゴブ太は俺に鎌を渡すと、目の前に広がる小ジャングルを指さす。

「とりあえずできるところまでやれ！　以上」

「はいはい……あーそういやセリス……様は？」

「セリス様は日陰で休んでもらっている！　日射病になられては困るからな」

ゴブ太がドヤ顔で言ってきた。いやいや、あいつそんな柔《やわ》じゃないだろ。一応魔王軍の幹部ですよ？

つーことは一人でこの雑草と対峙《たいじ》せにゃならんのか……まぁ、あいつがいたところでクソの役にも立たないが。

「じゃあオイラは行くからサボらずしっかりやるんだぞ!!」

そう言うとゴブ太はさっさと元来た道を引き返していった。そして、鎌を持ったまま一人残された俺は茫然《ぼうぜん》とその場に立ち尽くす。

「とりあえず雑草を刈るか……」

嫌々ながら鎌を振り上げた俺の頭にふっと名案が浮かんできた。鎌でやるよりもいい武器が俺にはあるじゃないか!!

「来い、アロンダイト!」

俺が空間を握ると、その手に漆黒の剣が現れる。うんうん、こいつはあのフェルが使っていた剣だからなぁ、切れ味は凄《すさ》まじいだろ!

「とりあえずスパスパいってみっか!」

俺は剣を上に掲げ、容赦なく剣の腹で俺の頭を殴りつけた。

………………いやいや殴りつけたじゃねぇよ。おかしいだろ。

今度はアロンダイトを正面に構え、そのまま前にある草目がけて振り下ろす。と思いきや、くるっと手首を返し、俺の足へと叩きつけた。

ちげぇだろぉがぁぁぁぁ!!　なんで俺を攻撃してんだよ俺!!

いや違う……俺を攻撃しているのはこのバカ剣だ。剣の分際で雑草を斬ることを全力で拒否していやがる。

ははーん……生意気にも俺様に逆らいやがってんなコイツ？　こうなったら誰が主人かってことを、きっちり教えてやらねぇといけないようだな!!

十分後。

本当にナマ言ってすいませんでした。アロンダイト先輩は雑草を斬るような低俗な剣じゃないですもんね。完全に調子乗ってました、はい。

俺は全身青あざだらけになりながら、アロンダイトを身体の中に戻し、大人しく鎌で雑草を刈っていく。

あーもう確定だわ。この剣、意思を持っていやがる。フェルの奴《やつ》……厄介な武器をよこしやがって。

俺はアロンダイト先輩との今後の付き合い方を考えながら、夕方になるまで一人寂しく鎌を振っていた。

午後五時。俺の勤務時間はここまでの契約らしく、やっとのことでゴブ太に解放された俺はセリスと共に小屋へと帰ってきた。

「あっ!!　パパー!!　ママー!!」

疲労困憊《ひろうこんぱい》の俺のもとに生きる活力が飛び込んでくる。それだけで俺の身体は完全に回復した。

「アルカー!!　いい子にしていたかー？」

「うん！　今日はルシフェル様と鬼ごっこしたよ!!」

アルカが俺の胸に顔を押し付けながら嬉しそうに報告してくる。そうかそうか。あの魔王は相変わらず暇そうなんだな。くそが。

俺がアルカを腕の中から降ろしてやると、今度はセリスの方に抱きついた。ぷぷぷっ……後回しにされてやんの。

「なにか言いたそうですね、クロ吉さん」

「クロ吉さん？」

だぁぁぁぁ!!　アルカに変な言葉教えてんじゃねぇぇぇぇ!!　セリスがアルカを抱きながら勝ち誇ったような表情を浮かべる。

「アルカのパパが友達からそう呼ばれているんですよ」

「へー……なんか可愛《かわい》い！　クロ吉パパ！」

ぐはっ……なんて可愛いんだ。思わず吐血しそうになった。セリスとアルカでどうしてこうも感じ方が違うんだ！　アルカにならずっとクロ吉パパと呼ばれたい！

それにしてもセリスの奴……俺をからかう良いネタを仕入れやがって。フェルに知られたらおしまいだぞこれ。俺も何かしらセリスをからかうネタを……。

ピコーン。

俺の頭上で豆電球が光る。俺はニヤニヤと笑いながらセリスに抱かれているアルカの頭を優しく撫《な》でてやった。

「そういえばアルカのママはなぁ、今モテ期到来中なんだぞ？」

「モテ期？」

アルカが不思議そうな顔でこちらを見る。セリスの方はというと頬がピクピクとひくついていた。

「モテモテな時期ってことだ。いやーいいなーセリスは、あんなにもたくさんの奴に好意を抱かれて……じゃがいもみたいなゴブリンにだけどな。ぷぷっ」

最後の一言に全ての悪意をのせてセリスにぶつけてやった。うーん、表情を見るになかなかの威力のようだ。この感じは久々の罵り合いが始まる予感。

だが、それに待ったをかけたのは我が愛《いと》しの爆弾発言娘《ボンバーマン》。

「ママにはパパがいるから、モテてもしょうがないよね？」

一切の穢《けが》れのない笑顔を俺とセリスに向けてくる。おっふ……久々に来たかー。これはなかなかにえげつない爆弾。だって、俺もセリスも完全に表情が一時停止してるもん。静止画になっちゃってるもん。

「そ、そうだ！　き、今日は早く帰ってきたから俺が新しい魔法陣でも教えてあげようかな？」

「い、いいですね！　アルカ！　ク、クロ様に教えてもらってはどうですか？」

「本当⁉　パパが教えてくれるの⁉」

アルカは嬉しそうにセリスの腕から飛び下りた。両手を身体の前に出しながらキラキラした瞳で俺を見ている。爆弾処理、ミッションコンプリート。

さてさて、成り行きで教えることになったが何を教えてあげようかな……。中級魔法《ダブル》はこの前教えてあげたし上級魔法《トリプル》はまだアルカには早いわなぁ。

うん、いざって時に逃げられるように転移魔法を教えてあげよう。少し複雑な魔法陣だけどアルカになら覚えられるだろ。

「よし、アルカ。よく見ているんだよ」

俺は極力ゆっくり転移の魔法陣を組み上げると、中庭の端に転移してみせた。そしてもう一度魔法陣を組成し、元いた場所に戻る。俺がアルカにドヤ顔を向けたら、なぜかアルカはクスクスと笑っていた。

「パパーそれはもう知ってるよ！」

「えっ？」

俺が目を丸くすると、アルカは笑いながらほとんど一瞬で魔法陣を構築し、俺の前から姿を消した。そして、少し離れたところからこちらに向かって手を振っている。

驚いたなぁ……まさか転移魔法を覚えていたとは。それに素早く魔法陣を構築するのも様になってきてる。まぁ、まだまだ俺やフェルの速度には敵《かな》わないけど。

転移魔法で戻ってきたアルカの頭を、俺は笑いながら撫でてやった。

「すごいな、アルカ！　いつの間にできるようになったんだ？」

「えへへ……ママが何度も転移しているの見てるし、それにルシフェル様との鬼ごっこは転移魔法を使わないとすぐに捕まっちゃうんだよ！」

あー……あいつそういうところ大人げなさそうだからなぁ……遊んでいるうちに魔法陣の方も上達したっていう感じか。フェルと絡んでればこれからもアルカの魔法陣を構築する力はぐんぐん伸びていきそうだな。ってか、やけにセリスが静かだけど、どうした？

俺がセリスの方に目をやると、セリスは愕然《がくぜん》とした表情でアルカのことを見つめていた。

「……魔法陣の構築スピードが私より速い……」

ガクッとうなだれるセリス。そりゃ魔法陣を覚えたての娘よりも自分が遅かったらへこむわな。お前の娘じゃねぇけど。

「ママ……？」

アルカが不安そうにセリスの顔を覗《のぞ》き込む。セリスはゆっくり顔を上げるとアルカに優しく微笑《ほほえ》みかけた。

「アルカは本当にすごいですね。アルカの成長を感じて私は嬉しいですよ」

「本当っ⁉　ママにも褒められちゃった……」

アルカの天使のような笑顔に、セリスも冷静さを取り戻した様子。

「それにしても魔法陣構築の速さに驚かされました」

「そんなことないよ！　パパもルシフェル様もアルカよりずっと速いもん」

「あの二人がおかしいだけなので、比べることはないんですよ？」

おい、一緒にすんじゃねぇ。つーか、最近お前の魔王への忠誠度低くねぇ？

「じゃあ、もうアルカは色んなところに行き放題だな。でも、俺やセリスに言わずに遠くに行くのはだめだぞ？　あぁ、アイアンブラッドならいいかな？」

「わかった！　ちゃんとどこかに行くときはパパとママに知らせるね！」

「うんうん、いい子だ」

それにしても我が子の成長には驚かされる。俺がこのレベルになったのは魔法陣を知ってから二、三年血反吐《ちへど》を吐きながら練習した後だ。やっぱりメフィストの血は伊達《だて》じゃないってことだな。

「ねぇ、パパ？　他に新しい魔法陣はないの？」

そうだなぁ……んじゃあ思い切ってかなり難易度の高いやつを教えてあげようかな？

「よし！　俺の得意な属性の魔法陣を教えよう！　俺に掴《つか》まれー！」

「わーい！」

アルカが嬉《うれ》しそうに俺に飛びついてくる。なぜかセリスも俺の腕にしがみついた。

「えっ……お前も来るの？」

「いけませんか？　私もクロ様の得意な魔法陣は気になります」

んー……まぁいいか、減るもんじゃねぇし。俺は二人を連れて、アルカがドラゴンに襲われた魔王城を囲む森の入り口まで転移した。

「ここは……魔の森ですか？」

「あー……確かそんな名前だったか」

あの時はアルカを探すのに必死すぎて森の名前なんか知ったこっちゃなかったけど、後日、この森がそう呼ばれているのを聞いたんだっけな。

「ここなら思う存分魔法を撃てるからな」

「……あなたの思う存分っていうのは少し怖い気がしますけどね」

俺の魔法を間近で見たことがあるセリスが若干顔を引き攣《つ》らせている。ったく、こいつは人を化物かなんかと勘違いしてないか？　まぁ、それはおいといて今はアルカに教えるのが先決だな。

「よーし、見てろよアルカ」

「ドキドキッ……!!」

おうおう、興奮しているのを口で表現するアルカも可愛いぞ。よーし、お父さんちょっぴり本気出しちゃおっかな？

俺は両手を前に出してできるだけ大きな魔法陣を構築する。

あれ？　フェルと戦った時よりも遥《はる》かに魔法陣がでかい気がする。まだまだ俺も発展途上ってことだな！

「こ、この模様は……!?」

魔法陣のでかさに驚いていたのも束《つか》の間《ま》、セリスはその模様から俺が撃とうとしている魔法を察し、冷や汗を流していた。いいぞーもっと驚け！　セリスが驚いているのを見るのは気分がいいぜ！

「いくぞー！　〝全てを打ち消す重力《グラヴィティバニッシュ》〟」

放ったのはフェルの〝四大元素を司る龍《エレメンタルドラグーン》〟を押しつぶした、重力属性の最上級魔法《クアドラプル》！

実はこの属性が一番得意なんだよなー。かなり複雑な魔法陣が必要になるけど、一回慣れちゃうとこれが一番描きやすかったりする。……って、なんか前より威力が数段上がっていません？

目の前にあった森が一瞬にして視界から消えた。すごーい。見晴らしがよくなったよー。

いやいや、こんなに広範囲にわたる魔法だっけかな？　ってか、こんな派手に森を荒らしてフェルに怒られないよな？

「すっごーい!!　すごいすごい!!　パパすごい!!」

あっ、アルカが喜んでいるから何でもいいや。セリスが口をポカンと開けたまま完全に硬直しているけど、それもどうでもいいや。

「今のは重力属性の魔法だよ。こいつは覚えておくと色々と便利でな……」

俺は初級魔法《シングル》の地属性と風属性、そして重力属性の三種魔法《トリオ》を唱える。

「こうやって違う属性の魔法同士を重力属性魔法で無理やりかけ合わせて、新しい属性を生み出せるんだ」

俺の手から小さな砂塵《さじん》が巻き起こった。アルカが興奮した面持ちで砂属性の魔法を見ている。

「うわぁ……!!」

「これは俺のオリジナルでな。勝手に合成魔法って呼んでるよ」

その極地が俺が使う最大の魔法〝七つの大罪《セブンブリッジ》〟なんだけど……あれは疲れるからまたの機会に見せてやるとするか。それにこれ以上やったら多分セリスが壊れる。

「そういうわけで一回見せたから大体どんな模様かわかっただろ？」

「うん！　パパが大きい魔法陣を作ってくれたからすっごいわかりやすかった！」

「ならなるべく大きい魔法陣を作ったのは正解だったな。よし、お家《うち》に帰ろう」

「はーい！」

俺の魔法に満足したのかアルカはすこぶるご機嫌だった。一方セリスはというと……。

「本当に……何なんですかこの人は……」

放心状態のまま今だこちらの世界に戻ってくる気配はない。こいつが元に戻るのを待っていたら日が暮れちまうな。俺はセリスの腕を掴むと、アルカを連れて小屋へと戻っていった。

農業生活二日目

今日は野菜に水を撒《ま》く仕事をやった。ゴブリンサイズのジョウロに水を入れて、バカ広い畑に水をやった。今回はゴブ郎もゴブ衛門も一緒だったのが嬉しかった。途中、暑かったので三人で水をかけあって遊んでいたら、他のゴブリン達も加わってきて、てんやわんやの大騒ぎになった。楽しかったけどゴブ太監督が来てみんな怒られた。反省している。でも、ゴブ太監督の背中にミミズは入れといた。

農業生活五日目

今日は野菜の収穫をした。他の仕事に比べて全然苦じゃなかった。今回はトマトの収穫だった。あまり好きじゃないけど、とれたてのトマトはみずみずしくて甘かった。こっそり盗み食いをしていたつもりだったのに、ゴブ衛門の口周りが赤くてすぐばれてしまった。トマトのように顔を真っ赤にさせたゴブ太監督に叱られた。反省している。でも、ゴブ太監督の背中にムカデは入れておいた。

農業生活十二日目

今日は果樹園に来た。畑には男しかいなかったからゴブリンには男しかいないって思っていたけど、そうじゃなかった。女性は基本的に果物関係の仕事をしているらしい。女のゴブリンは見た目はほとんど男と変わらないけど、声だけはみんなめちゃくちゃ可愛かった。そして、何故《なぜ》か俺はそこで死ぬほどモテた。そんな俺をセリスが嬉しそうに見ていた。イラッとした。今日はゴブ太監督とセリスの背中にカエルを入れておいた。

農業生活十二日目　裏

ごめんなさいごめんなさいごめんなさい。もう二度とやりません。反省しております。心の底からお詫《わ》び申し上げます。許してください、セリス様。

農業生活十六日目

最近畑仕事にも大分慣れてきた。鍬《くわ》で畑を耕すにもヒーヒー言っていた頃が懐かしい。今は仲間のゴブリン達ともいい関係が築けて、充実した日々を過ごしている。ゴブ太監督も俺の働きには満足しているらしく、今日は何も言われることはなかった。だから、とりあえずゴブ太監督の背中にスライムの魔物を入れておいた。

農業生活十七日目

いやー今日も快晴快晴！　絶好の種まき日和だな!!　さぁ今日も元気に畑仕事を——。

「……って、するわけねぇだろうがっ!!」

俺は思いっきり地面に鍬を叩《たた》きつける。なにスローライフに目覚めちゃってんの俺っ⁉　なに地道にコツコツ働いちゃってんの俺っ⁉　なに仕事にやりがい感じちゃってんの俺ぇぇぇえっ⁉

「どうしたでやんすかクロ吉？」

突然乱心し始めた俺をゴブ郎が心配そうに見つめる。俺はそんなゴブ郎に目を向け顔を顰《しか》めた。

なんかゴブリン達と仲良くなってたら、普通にここへ来た目的を忘れてたわ。俺は畑仕事を楽しむために来たのではなく、ここに人手不足の問題を解決しに来たんだった。こんな所でせっせと労働に勤《いそ》しんでいる暇などない。

「ゴブ太監督が来たから、またどやされちゃうよー？」

俺はゴブ衛門の指さす方に目を向けた。そこには美味《おい》しそうな飲み物を運ぶゴブ太の姿がある。そして、その先にパラソルを開いてビーチチェアでゆったり読書するセリスの姿もあった。

「セ、セリス様？　ちゃんと水分補給されていますか？」

「あ、ゴブ太さん。気を遣わせてしまってすみません。いつも差し入れありがとうございます」

「いえいえ、魔王軍幹部として働く大事なお身体《からだ》ですから！　今日はここの果樹園で取れたフルーツをふんだんに使ってトロピカルジュースを作ってみました！」

「ふふっ、優しいですね。ありがたく頂戴いたします。ゴブ太さんが持って来てくださるものは全て美味しいですから大好きですよ」

「だだだだ大好き……⁉」

なにゴブ太の分際で顔赤くしてんだよ。つーか、お前ら何してんの？

特にそこの金髪女。がっつりリラックスしてんじゃねぇよ。バカンス気分ですか？　また背中になんか放り込むぞ？

……いやそれはやめておこう。俺もまだ命は惜しい。

それにしてもマジで腹立つな……。こっちは汗水垂らして必死こいて農作業してるっていうのによ！　そっちはトロピカルジュースで休日エンジョイってか⁉

かーやってらんねぇ‼　こんなちまちましたこともうやめだ！　俺はさっさとこの仕事を終わらせてアイアンブラッドに酒場を作りたいんだよ！

「おう、お前らちょっとどいてろ！」

最近仲良くなったゴブリン達を耕作地から引かせる。

「一体何をするつもりでやんすか？」

「さぼってると怒られちゃうよー」

怪訝《けげん》そうな表情を浮かべながら後ろへと下がる二人。悪《わ》りぃな、ゴブ郎、ゴブ衛門。俺はもうこんな地味な作業はうんざりなんだ。

俺はまだ手付かずの畑に向けて手をかざした。大体忙しすぎんのが悪いんだよ。こんだけずっと働いてりゃいい案なんか浮かぶわけねぇんだっての。この前アルカに重力属性の魔法を見せた時、俺の魔法陣が進化している事には気づいたんだ。このくらいの範囲、どうとでもなるだろ。

組成する魔法陣は地属性の初級魔法《シングル》の一種《ソロ》、大きさは極大。周りのゴブリン達が慌てふためいているが、そんなの無視だ。

「〝地面にお絵描き《グランドアート》〟」

俺が魔法を唱えると目の前の荒地が生き物のように蠢《うごめ》き出した。大事なのは土に空気を含ませる事と土を柔らかくする事。こちとら二週間以上畑仕事をやってるんじゃ。どうやって土を動かせばいいかなんて身体で覚えたっつーの。後は均等の距離に畝《うね》を作って、と。よし、完成！

「「「「おおー!!」」」」

呆気《あっけ》にとられた様子で見守っていたゴブリン達があっという間に出来た奇麗な畑を見て

感嘆の声をあげる。

「すごいでやんす！　これだけの広さ、拙者達の手なら三日はかかるでやんす！」

「本当だよー!!　驚いたんだなー!!」

ゴブ郎だけじゃなく、いつもおっとりしているゴブ衛門も目を丸くしながら驚いていた。他のゴブリン達も同じように俺を讃《たた》える。讃えられるのは悪い気がしないが、今はとにかく解決策を見つけたいんだ。もう少し静かに俺を称賛してくれ。

「なんの騒ぎ……なんじゃこりゃー!!?」

ちっ、うるせぇリアクション芸人が来たよ。からかうと面白いのはいいんだけど、考え事している時に来ると鬱陶しいことこの上ないわ。

「こ、こ、これはクロ吉がやったのか!?」

そうだよううるせぇな。見りゃわかんだろ。今考え事してるんだからあっち行ってろ。あとクロ吉って呼ぶんじゃねぇよ。

俺が無視しているにもかかわらず、ゴブ太は目を血走らせながら鼻息を荒くしていた。

「す、すげぇ!!　すげぇぞクロ吉！　やればできるじゃないか!!」

上から目線で言うんじゃねぇよ。上司かお前は。なんで俺の近くに来るといつも背中を庇《かば》ってんだよ。とにかくお菓子あげるからあっち行ってろ。あとクロ吉って呼ぶんじゃねえよ。

「クロ吉がこんなことできるんなら人手不足も解決しそうだな！」

だからその人手不足を…………ん？

「ちょっと待てよ……」

俺は自分の顎を指で撫《な》でる。…………そうだよ！　なんで気がつかなかったんだよ俺！　こんな原始的なやり方で畑仕事なんかやってないで魔法陣を使えば良かったんだよ！　これぞ名案、解決策じゃん！

俺はゴブリン達に目をやる。うんうん、確かに一人一人は魔法陣が下手くそっぽい顔をしているが、これだけ人数がいれば、魔法陣がしょぼくても今の五倍、いや十倍は作業効率が上がるだろ!!

突然ニヤニヤし始めた俺をゴブリン達が不気味そうに見つめる。

おいおいそんな顔するなって。これからお前らの地味で退屈な作業が革新的なモノに変わるんだぞ？　もっと嬉しそうな顔しろって！　逆になんで今まで魔法陣を使ってなかったんだよー……えーっと、なんで？

だって、どう考えても魔法を使った方が便利やん。水やりだって草刈りだって魔法を使えばちょちょいのちょいよ？　デメリットなんて一切ないのに……だから、魔法を使わない理由なんて一つぐらいしか思い浮かばないよ。

テンション爆上げだった俺の額からツーっと冷や汗が流れ落ちる。

いやいや、それはない。流石《さすが》にそんなことあってはならない。万に一つもその可能性はない。………ないよね？

「………ゴブ太。一つ聞いていいか？」

「監督をつけろ監督を！……で、なんだ？」

「お前ら魔法を使ったことないのか？」

まさかとは思うが一応尋ねてみた。程度の違いはあれど人や魔族、魔物ですら魔法陣を作ることができる。そんな世界で魔法を使ったことない奴《やつ》なんているわけがない、そう思ってた。

「何言ってんだクロ吉」

ゴブ太が呆《あき》れた顔で俺を見てくる。よかった、魔法は使えるんだな。ならさっさと作業を魔法化して効率上げろよ、ったく。心配して損したわ。でもまぁ、これなら人手不足の問題は楽々解決――。

「ゴブリンのオイラ達が魔法なんて使えるわけないだろ」

……なるほどね。酒場までの道のりはそう甘くはないようだ。

翌日、俺はアルカも連れてベジタブルタウンに来ていた。

アルカを連れてきた理由は二つ。一つ目はゴブリン達の中にアルカを傷つけるような輩《やから》はいないと判断したこと。二つ目はこれからやろうとしていることにアルカの力が必要であること。

「はいお前らちゅうもーく」

俺がパンパンと手を叩くと、地べたに座って談笑していたゴブリン達が一斉に俺の方へ顔を向けてくる。

「今からお前達に魔法陣を教えてくれる講師を紹介する。まずは俺だ」

「クロ吉ーひっこめー」

「ひっこめでやんすー」

「お腹《なか》すいたんだなぁー」

「三バカうるせぇぞ」

俺はゴブ太、ゴブ郎、ゴブ衛門にぴしゃりと言い放つと、咳払《せきばら》いを挟みつつ隣にいる我が天使を手で示した。

「えーっと、この人はアルカ先生だ。なんと魔族の中でも魔法陣の扱いが上手《うま》い事で有名なメフィストの女の子だ」

「よ、よろしくお願いします！」

アルカが顔を真っ赤にさせながらお辞儀をすると、場が温かい拍手に包まれた。俺はアルカを見るゴブリンの顔を一人一人注意深く確認する。ふむ……ロリコンはいないみたいだな。いたらきっちり息の根を止めよう《教育し》と思っていたんだけど、その心配はなさそうだ。

「お前らの中にはこんな小さくて可愛《かわい》い子が、って思うやつがいるかもしれん。そういうやつのためにアルカ先生には一度実演をしてもらう」

俺が目配《めくば》せするとアルカは小さく頷《うなず》き、緊張した面持ちで上空に向かって魔法陣を組成する。ほとんど一瞬で作り出されたのは火、水、風属性の三種上級魔法《トリオトリプル》。

「えい！」

しかも、それを魔法名を言わずに無詠唱で発動させる。アルカの魔法陣から放たれた魔法はそのまま、ものすごい勢いで上空へと消えていった。

そうなんです。なんか知らないけどアルカがめちゃくちゃ成長しているんです。っていうか無詠唱なんていつの間に覚えたん？

なにやら俺の重力魔法に触発されたみたいで、日に日に魔法陣の腕が上がっているんだよね。ベジタブルタウンから帰るたびにセリスと一緒に驚いていたわ。

魔法陣の知識が皆無なゴブリン達は曲芸師の技を見たように喜びながら手を叩《たた》いていた。やっぱり知らないっていうのは恐ろしいことなんだなぁ……セリスを見てみろよ？　目ん玉飛び出してんぞ？

「……とまぁこんな感じで魔法陣の腕が確かなことは皆にわかってもらえたと思う」

「「「はい!!」」」

うむ、なかなかいい返事だ。照れてるアルカがものすごく可愛い。

「この歳《とし》でここまで魔法陣を使いこなせる者はアルカ先生以外にはいないぞー？　しかもこの愛くるしい顔！　将来美人になること間違いなしだな!!　とはいっても口説こうなんて考えるなよ？　とくにアルカ先生の寝顔を見たらお前らイチコロなんだから、決して寝ている時は近づかないように！　まぁでも、一見の価値はあるだろうな……まるで天使のようだな」

「話が長いでやんす！　早く次の先生を紹介するでやんす！」

ちっ、ゴブ郎め。俺がせっかくアルカの素晴らしさを紹介しているというのに。つーかほとんどの奴が途中から俺の話なんて無視してセリスの事見てたんだが。俺は面倒くさそうにセリスの方へ顔を向けた。

「あー……セリスだ。金髪。以上」

「…………随分と投げやりな紹介ですね」

セリスは俺にジト目を向けながら、ゴブリン達に向かって丁寧にお辞儀をする。

「若輩者ですが、精一杯皆さんに魔法陣を教えていきますのでよろしくお願いします」

セリスが俺には絶対向けないような笑顔を向けると、ゴブリン達は夏場のアイスのようにその場に溶け始めた。あーあー相変わらずモテモテでよーござんしたね。その完璧なお顔に鼻くそでもつけたろうか。

「この三人で教えていくからお前らしっかり魔法が使えるようになれよ。つーわけで早速授業を始める」

と言ってもここは完全に青空教室。黒板など存在するわけもない。まぁ、板書なんて七面倒くさいことをやらなくて済むし、そもそも魔法陣の授業にノートなど不要。

「よーしお前ら……よく見てろよ」

俺は懇切丁寧にゴブリン達の前で魔法陣を構成する。ゴブリンは目をぱっちりと開けて俺の魔法陣を見ていた。そして、俺の魔法陣から魔法が飛び出すと、手を叩いてはしゃいでいた。こいつら、観客としては百点満点だな。

「………うっし、こんな感じだ。さぁ、やってみろ」

「「「はっ？」」」

ゴブリン達がポカンとした表情で俺の顔を見てきた。そんなゴブリン達を見てアルカが不思議そうに首を傾《かし》げる。

「なんでみんなやらないの？」

「変な奴らだな」

俺とアルカが顔を見合わせて同時に眉を寄せた。あれだけゆっくりと魔法陣を観察したら作ってみるだろ、普通。なんだ？　初めてやるから遠慮しているのか？　こいつらの辞書に遠慮なんて言葉あったっけ？

俺が疑問に思っていると、隣でセリスが頭を抱えながら盛大にため息を吐《つ》いた。

「……基礎は私が教えます。あなた達二人はゴブリンさん達が私の授業を受けている間に、滞っている仕事を片づけてきてください」

「「えー!!」」

「いいから!!」

強めな口調で言われ、俺もアルカも肩をしょんぼりさせながら歩いていく。……一度先生っていうのをやってみたかったのにな。

俺はアルカの魔法陣の修行も兼ねて畑仕事を魔法でこなしていった。思ったよりも練習になるんだよなー。ただ魔法を撃てばいいというわけじゃないんだよ。例えば水やり一つにしても、洪水のような魔法を使っても畑が水浸しになって終わるだけだ。どちらかといえばシャワーのように優しく、そして広範囲に行き届くような魔法が好ましい。

そんな感じで試行錯誤を重ねながらどんどんと作業を進めていく。結局、ゴブリン達が総出で一日かかる仕事を俺達二人は三時間程度で終わらせた。やっぱり魔法の力って偉大だわ。

俺達が青空教室に戻ると、座学の時間は終了しているようで、ゴブリン達が難しい顔をしながら魔法陣を組む練習をしていた。

「セリス、こっちは終わったぞ。そっちはどんな感じだ？」

三バカに教えている最中だったセリスが驚いた顔で俺達の方に振り返る。

「もう終わったんですか？」

「まぁ俺達二人が本気を出せばな？」

「アルカも頑張った!!」

元気よく答えるアルカに微笑《ほほえ》みかけたセリスだったが、すぐにその表情を曇らせる。

「一応、魔力を練り上げ魔法陣を組成する、ということはできるようになったのですが、なかなか上手く魔法陣を形にすることができないようで……」

そう言いながらセリスは申し訳なさそうに顔を少し俯《うつむ》けた。別にお前がそんな顔をする必要ないっつーのに。責任感が強い奴だなぁ……。

「ふーん……おいゴブ太」

「ん？　あれ？　クロ吉？　いたのか」

おいおい、俺に気がつかないとは随分熱心に練習しているじゃねぇか。他の奴らもみんな真剣みたいだし、そんなに魔法陣に興味があったのか？

「みなさん昨日のクロ様……コホン、クロ吉さんの魔法に憧れているみたいですよ？」

「べ、別に憧れてなんかない!!」

ゴブ太が顔を赤くしてセリスの言葉を否定する。なんだこいつ、照れてんのか。やっぱそういうのは美少女がやってなんぼって感じだな。ジャガイモが恥じらいを見せたところで、はいそうですか、という感想しか抱けん。でもまぁ、俺に憧れるとか可愛いとこあんじゃねぇか。

「あークロ吉でやんすー！」

「クロ吉ー魔法陣教えてー！」

ゴブ郎とゴブ衛門もこちらに駆け寄ってきた。なかなかみんなやる気があるようでよろしい。

「えらく気合入ってるじゃねぇか。そんなに魔法が使いたいのか？」

「「魔法を使って楽するでやんす（んだな～）！」」

うん、まー……素直なことはいいことだ。つーか相変わらず息ぴったしなのな、お前ら。

まっ、どんな理由であろうと一生懸命練習しているのは事実だ。ここはしっかりと面倒をみてやらねぇとな。

「よーし！　お前らの魔法陣を見てやるから、ちょっと俺の前で作ってみ！」

「はーいでやんす」

「はいなんだな！」

「え？　オイラも？」

素直に返事した二人は意気揚々と、ゴブ太だけは渋々といった感じで魔法陣を組成していく。模様からして水属性の魔法陣だな。ふむふむ、魔力を魔法陣に流し込むのはできているみたいだ。となると原因は……。あと少しで完成というところで三人とも魔法陣が空中で霧散した。

「がー！　また失敗したでやんす！」

「うぅ……オイラ達、やっぱり才能ないのかな……？」

三人ともうまく魔法陣を作り出すことができず、がっくりと肩を落とした。俺は口元に手を当ててしばらく黙って考え込むと、静かに口を開く。

「お前らの魔法陣がダメな理由がわかった」

「「「えっ？」」」

三バカがキョトンとした顔で俺のことを見てきた。俺は後ろで一緒に三バカの魔法陣を見ていた二人に声をかける。

「セリス、アルカ。二人はダメなところがわかったか？」

「えー！　全然わからないよー!!」

「私も……皆目見当がつきません。教えていただけますか？」

二人ともお手上げ状態で俺に答えを促す。俺はニヤリと笑みを浮かべると、ちょいちょいと三バカを手招きし、俺の周りに密集させた。

「いいか？　お前ら……次はこんな感じの魔法陣を構築してみろ」

「ん？　なんか変な形でやんすね」

「こんなので本当に魔法が発動するのか？」

「あぁ……この魔法陣は上空に向けて……」

ごにょごにょと三バカに耳打ちする。三人とも微妙な表情を浮かべていたが、俺は自信満々で三バカの背中を叩いた。

「俺を信じろ！　さぁ、二人の先生の前でやってみな！」

三人とも戸惑いながらも腕を上にあげ、魔法陣を組成する。みるみる出来上がっていく魔法陣の形を見て、セリスもアルカも目を丸くしていた。そして、完全に魔法陣が組み上がったところで三人が同時に魔法を唱える。

「「「〝水玉出《アクアバルーン》ておいで〟」」」

すると、三バカの頭上にできた魔法陣からシャボン玉のような泡が飛び出した。

「で、出たでやんす!!」

「まじかよ！　本当にクロ吉の言った通りに魔法陣を組んだら出来た!!」

「うわー！　フワフワしてなんか美味《おい》しそうー！」

三人とも自分が魔法を使えて大興奮の様子。俺はそれを見ながら満足そうに頷《うなず》いた。

「……四角い魔法陣ですか」

「あんなの初めて見たの！」

二人は未《いま》だに信じられないといった顔で三バカの魔法陣を見ている。俺はドヤ顔を浮かべながら二人に向き直った。

「ゴブリンの特性なのかはわかんねぇけど、あいつらの魔法陣は直線が力強くて曲線がおざなりだったんだよな。だから、普通の魔法陣を描いても上手《うま》くいかない」

「……中の直線に外側の円が負けてしまう、と」

「そういうこと」

こうやって描いてみろ、って俺があいつらに見せた魔法陣は外側を真四角にしたものだ。それで魔法が発動するかはいささか不安だったけどな。中身がしっかりしていれば大丈夫だろ、って思ってやらしてみたけど、どうやら俺の読み通りだったみたいだ。

「……やはりあなたの魔法陣に関する技量は目を見張るものがありますね。はっきり言って化物です」

「……それ褒めてんのか？」

「ええ……ですが、恐ろしくもあります。あなたが敵に回ってしまったらと考えると……」

セリスの表情は真剣そのものだった。俺は何も言わずにセリスのことを見つめる。そんな俺達を不安そうな顔で見ているアルカの頭の上に手を置くと、俺は優しく笑いかけた。

「でも、アルカがいる限り、俺は魔族には手を出さないよ」

「ぱ……ク、クロ吉さん!!」

おっと、パパって呼ぶのは禁止しているんだったな。うるうると瞳を潤ませているアルカの頭をポンポンと叩《たた》くと、俺はセリスに目を向けた。

「……まぁ……一応お前もいるしな……」

「えっ……？」

目をぱちくりさせているセリスから俺は顰《しか》めっ面《つら》で視線を逸《そ》らす。言ってから二秒で後悔した。っていうかなんで言ったの？　穴があったら入りたい。いや、今すぐ穴を掘りたい。

「……そうですね。あなたが敵になったとしても、私の幻惑魔法に屈服することになりますものね」

ビクッ！　俺の身体《からだ》がトラウマに反応する。セリスの背中にカエルを入れた日、俺は地獄を見た。

「……なんだよ幻惑魔法とか反則だろ。なんで俺には使えないんだよ」

一目見たら大体どんな魔法陣でも再現できるっつーのに、幻惑属性の魔法陣だけはなにがなんだかわからなかったんだよね。しかも、かけられたらほとんどなす術《すべ》ない。まじで反則。

「……存在自体が反則なあなたには言われたくないです」

呆《あき》れた表情でそう言うと、セリスは踵《きびす》を返した。

「さぁ、さっさと他のゴブリンさん達にも四角い魔法陣を教えに行きましょう」

「……お前に言われなくてもわかってるっつーの。アルカ行くぞ！」

「わっ⁉　ク、クロ吉さん！　待ってよー‼」

俺はアルカを連れてズンズンとセリスの前を歩いていった。こんなところでセリスと話している暇なんかない！　さっさとこいつらに魔法陣を仕込んで問題解決して、俺はギーと交渉しなけりゃならねぇんだよ！

肩を怒らせ歩きながらちらっと後ろを見るとセリスがこちらをジッと見つめていた。

「お前もいる、か……ふふっ」

セリスは小さくはにかむと、嬉《うれ》しそうに俺達の後を追ってきた。


四角い魔法陣を覚えたゴブリン達の成長は目覚ましいものだった。俺達が教えたのは霧のような水を撒《ま》く水属性魔法、土を耕す地属性魔法、雑草を刈り取る風属性魔法、そして移動の時間を短縮するための転移魔法の四つ。

最後の転移魔法に関しては他の三つに比べられないほど難しいもんでかなり苦労したけど、あいつらの勤勉さと俺達の熱心な指導の甲斐《かい》もあって、なんとか青空教室に参加したゴブリン達は全員習得することができたんだ。

ゴブリン達に魔法陣を教えてから三日、俺は倉庫の陰からゴブリン達の様子を観察している。段違いの成長を遂げたゴブリン達の作業のスピードは、今までが嘘《うそ》のように上がっていた。まぁ、当然だろうな。俺達が魔法陣を教えたのは三十人ぐらいなんだけど、それでも十分すぎる数だろ。それだけいれば俺一人が魔法を使ってやるのと同じくらいの時間で畑仕事を終えることができるはずだ。

まぁ、今は畑仕事をやるゴブリンとまだ魔法陣を習得していない奴《やつ》に教えるゴブリンと半々に別れてはいるが、それはそれで魔法が使える奴が増えるので、作業のスピードはもっと上がることになる。

ということで、ベジタブルタウンにおける俺の仕事は終わりってことだな。

「……やっぱり行ってしまうんでやんすね」

突然後ろから声をかけられても別に俺は驚かない。少し前からそこにいるのは気配で察していたからな。

俺が振り返るとガリガリゴブリンのゴブ郎と、太っちょゴブリンのゴブ衛門が遠慮がちに俺の様子を窺《うかが》っていた。……二人だけか。

「ゴブ太監督は来ないよー。クロ吉がいなくなって清々するって言ってたけど、本音は寂しがるところを見せたくないんだろうねー」

俺の視線が何かを探すよう左右に動いた事に気がついたのか、ゴブ衛門が肩を竦《すく》めながら教えてくれた。はっ……口うるさいくせに愛嬌《あいきょう》のあるあいつらしい理由だな。

「そっか……まぁ、仕事がきつくて脱走するんだから監督には会わねぇ方がいいかもな。お前らもサボるのはほどほどにしておけよ？」

俺は苦笑いを浮かべながら二人の脇を通り抜ける。そんな俺を二人は黙って見ていた。少し歩いたところで、俺はピタッと足を止める。

「……なぁ？　お前ら二人と、あとゴブ太は他の街に興味とかないか？」

俺は二人に顔を向けずに問いかけてみた。突飛な質問に二人が戸惑っているのを背中越しに感じる。いきなりそんな事言われたら困るよな。でも、俺にとっちゃ重要な事なんだよね。

「……ないわけじゃないでやんすけど、そういうのは領主様の許可なしにはできない決まりでやんすからねぇ」

「そうだねー。領主様は監督と違って全然ちょろくない相手だからねぇー」

「そうか……」

やっぱりギーを説得しないうちには話が前には進まないってこったな。せっかくいい人材に巡り合えたってのに。

「あーでもゴブ太監督はここを離れないかもねー？」

「そうでやんすね。ゴブ太監督はここが結構気に入っているみたいでやんすから」

確かにな。あいつの農場に対する愛情は本物だった。いくらギーの許可があったところで、違う街で店を出してくれって言っても首を縦には振らないかもしれない。

「まーでもー？　指揮官様の頼みなら断れないかもなー」

……はい？

慌てて振り返ると、ゴブ郎もゴブ衛門もニヤニヤと笑いながら俺のことを見ていた。それだけで俺はすべてを悟る。

「ばれてたのか……」

「ばれないとでも思っていたでやんすか？」

「うんうんー。クロ吉みたいな捕虜なんか、この世界どこを探してもいないよー？」

なんだと？　完璧に捕虜である自分を演じきっていたはずだが……？　とはいっても、農業生活二日目ぐらいから捕虜っていう設定を忘れてた気がするけど。

「人間が魔王軍の指揮官になったって話は有名でやんすからねぇ……でも、多分気がついているのは拙者とゴブ衛門くらいでやんすよ？」

「他のゴブリンはおっとりしているからねぇー」

お前に言われたらおしまいだな。まぁ、こいつがおっとりしているのは話し方だけで、意外と抜け目のないやつか。

「ゴブ太は……って聞くだけ愚問だな」

「そうでやんす。ゴブ太監督は基本あほでやんすから」

「気がついていたらクロ吉とは呼べないだろうなー」

あー、確かにあいつは弱い奴には強気で出て、強い奴にはへこへこするタイプだな。

……でも、弱い奴に強気に出ても高が知れてるから憎めねぇんだよ。

「まっ、そういうわけだからさ。もしかしたらまた顔出すかもしれねぇわ」

「拙者達はダラダラ仕事していると思うから、またいつでも来るでやんすよ」

「その時はなんか美味《おい》しいもの持ってきてねぇー」

こいつら……俺を魔王軍指揮官って知っておきながらこんな態度だからなぁ。だから、気に入っちまったのかもしれねぇけど。

俺は二人に背を向け、セリスと待ち合わせをしているベジタブルタウンの入り口へと向かう。さて、と。やるべきことはやりきった。ちゃんとあの野郎から課されたゴブリン達の抱える問題も解決してやったわ。首を洗って待っていろよギー。絶対あの三バカにはアイアンブラッドで酒場を経営してもらうからな！

第３章　俺が家畜に愛情を注ぐまで

舞い戻ってきましたデリシアのベッドタウン。相変わらず食欲をそそる匂いが充満していてどうにかなりそうです。無事、ギーとの交渉が上手くいったら軽く飯でも食って帰るかなー。そんな事を考えながらギーの屋敷へ行くと、今度はほとんど顔パスで門番のトロールがギーの部屋まで通してくれた。

「あー戻ったか。どうだった？　指揮官さんよ」

相変わらず似合わない部屋でこちらに顔を向けることなくギーが自分の仕事を進めながら尋ねてくる。

「ゴブリン達に魔法陣を教えることによって仕事の効率を段違いに上げた。これで少ない人員でも、今まで以上の成果が見込めるはずだ」

「ん？　ゴブリン達が魔法を使えるようにしてくれたのか？」

「あぁ。そうでもしないと、一生問題を解決できそうになかったからな」

「そうか、そいつはよかった。ご苦労さん」

ギーがかけていた眼鏡をはずしながら顔を上げる。おっ、これはなかなかいい感触な気がする。人手不足もなくなったってことでこのまま引き抜きの話に持っていきたいところなんだけど……後ろにセリスがいるんだよなぁ。酒場の件を知られたらどうせ小言を言ってくるだろうから極力バレたくないんだけど、どうすっかなー。

「じゃあ、次はミートタウンの方をよろしく」

「…………はっ？」

セリスをどう欺くかで悩んでいた俺はギーに言われた事が一瞬理解できなかった。呆気《あっけ》にとられた顔でギーに目をやると、奴は小馬鹿にするように息を吐く。

「何驚いてるんだ？　まずはベジタブルタウンに行ってくれって言っただろ？『まずは』って。そこが終われば当然次の場所だ」

……そういえばそう言ってた気がする。いやいや、だとしてもありえないだろ。ゴブリンで結構時間を使っちまったんだ。これ以上付き合ってられるか。

「生憎《あいにく》だが俺にも仕事が」

「俺達が治める街の視察が仕事なんじゃないのか？　なら他の場所も見て回るのが筋だろ」

うわ、正論すぎて腹立つ。後ろにいるセリスに目を向けると、セリスはさも当然のような顔をしていた。こっちも腹立つ。

「まぁ、ミートタウンは別に問題を抱えているわけじゃないから、何日か様子を見てくれればそれでいい」

「……三日間だけだぞ？」

俺が顰《しか》めっ面《つら》で指を三本立てると、ギーは満足そうに頷《うなず》いた。

「今回は指揮官が来るってあらかじめ報告しておくから」

「いいのか？」

「あぁ。ゴブリンの時は特別だ。あそこの監督役は権力者に弱いからな。本来の姿が見られないと思って、あえて隠してもらったんだ」

流石《さすが》は領主様。ゴブ太《た》のことをよくわかっていらっしゃる。

「じゃあ視察の方よろしく」

ギーは机の書類に視線を戻しながら適当に手を振った。ったく……本当に食えない野郎だな。

なんとなくギーの手のひらの上で踊らされているような気がして気に入らないが、仕事は仕事だ。さっさとミートタウンの視察を終わらせてギーにヘッドハンティングする許可をもらうことにしよう。

セリスの転移魔法でやって来たミートタウンはベジタブルタウンと同じくらいに広大で、見渡す限り牧場だった。牧舎らしき建物以外は本当に何もない場所。そして何より臭い。マジで家畜臭い。

ゴブリンの時とは違い、三日間という短い期間だけだ。この黒コートに家畜の臭いが染み込む前に視察を切り上げちまおう。

セリスと二人でしばらくミートタウンを歩いていると、柵で囲まれた放牧地で飼われている羊を見つけた。

はー……羊毛でできた服を見たり羊肉を食ったりしたことはあるけど、生で羊を見たのはこれが初めてだな。意外と愛らしい姿をしてんのな。結構な数がいるなぁ……って、なんか全員汚くねぇか？　羊って基本的に白い生き物なんじゃねぇの？　こいつらどっちかっていうと黒に近い灰色だぞ。

「……なんか大分汚くない？」

「そうですね……私は畜産を知らないのでなんともいえませんが、こういった動物は洗わないのでしょうか？」

うーん……俺も詳しくないからなぁ……。でも、なんとなく洗ったり毛をといてやったりした方がいい気がするんだよね。素人考えであれなんだけど。

「指揮官様とセリス様。こんな所までわざわざご苦労様です」

そんな事を考えていたら突然背後から声をかけられる。俺とセリスが振り返ると、普通の服を着た少し毛の薄いイノシシが二足歩行していた。だが、イノシシには見えない。なぜなら毛の色が青色だからだ。

「俺はここの牧場を取り仕切ってます、オークのタバニって言います」

あーこれがオークか。学校の授業で聞いたことがあるな……確かゴブリンを使って人間の女を攫《さら》わせて自分の子供を産ませるんだっけか？　女子学生が嫌いな魔族ナンバーワンだった気がする。

とりあえず目の前に立つオークを観察してみる。なんていうかそんな雰囲気は一切ない。気怠《けだる》そうなオーラ全開で、何に対しても興味がなさそうな表情。女を攫うくらいなら家で寝ていたいって感じだ。

つーか、こいつそもそも女に興味あんのか？　セリスの方を全然見てねぇぞ。こいつは性格は終わっているが、見た目と胸は一級品だぞ？　性格は本当に壊滅的に破壊的で絶望的だが。

「……何か失礼な事を考えていませんか？」

「ソンナコトナイデス」

そして、怖い。魔王なんかよりずっと。

「領主様から話は聞いています。俺達の仕事っぷりを視察しに来たんですよね」

「あ、あぁ」

「そ、その通りです」

あまりに覇気が感じられない口調に、俺もセリスも戸惑いながら頷いた。だが、当の本人はまったく気にしていない様子。

「じゃあ仕事場まで案内します」

そう言うとタバニはのっそりと歩き始めた。俺達はその後に黙ってついていく。うーん……大分イメージと違うな。ゴブリンの時は大体想像通りだったんだが、オークってこんな感じなのか？　いやいや、多分タバニのやつが特別なんだろう、うん。

俺達が案内されたのは何の変哲もない牛舎。たくさんの牛が仕切られた小部屋で飼育されている場所なのだが、そこに足を踏み入れた俺達二人は目の前に広がる光景に唖然《あぜん》とする。

ここには牛にも負けないほどのたくさんのオークがいた。うん、いるだけだ。別に牛の世話をしているわけではない。それどころかそいつら全員、藁《わら》をベッドにダラダラと寝転がっていやがる。こいつら……凛々《りり》しい豚みたいな面してるから、どっちが家畜だかわかんねぇっつーの。

「えーっと……なにこれ？」

「やる事がないので今は休憩時間です」

特に悪びれる様子もなくタバニが告げる。そうかそうかそうか、休憩時間かーそれならしょうがないのかなー？　なわけねぇだろ。

「……タバニ、一日のスケジュールを言ってみろ」

俺が硬い口調で言うと、タバニは頭をぼりぼりかきながら、蜘蛛《くも》の巣が張り巡らされている脳の引き出しをのんびり開け始めた。

「えー……朝はニワトリから卵を回収しますね。それから……牛の乳を搾って……羊から毛を刈る。その後、餌を与えています」

「ふむふむ……それで？」

なんだ、朝から結構な仕事をしてるじゃねぇか。ってことは、あれか。こいつらは仕事が出来すぎるから、時間を持て余してるってわけか。

「以上です」

「へ？」

「以上です」

思わず変な声が出ちまった。朝の仕事メニューを説明したら、続きを話すのが面倒くさくなったかこいつ？

「おいおい……まだ昼以降の話は聞いてねぇぞ？」

「話しました」

「ほへ？」

「先ほど言ったのが一日のスケジュールです」

…………なるほどーそーいうことかー。

「今すぐ全員を外に集めろ」

「はっ？」

「今すぐだ」

「は、はい！」

ぽけっとした表情で俺を見ていたタバニも、射殺すように睨《にら》みつけると慌てて他のオークに声をかけにいった。俺はそれを一瞥《いちべつ》し、さっさと牛舎から出て行く。

「ク、クロ様？」

セリスが困惑した様子で俺の後を追ってきた。だが、俺はなにも言わない。なぜなら今猛烈な怒りを感じているからだ。

牛舎をちらっと観察したが、糞《ふん》の始末もろくにしてねぇじゃねぇか。水だって替えてないだろうし、餌だって適当にその辺にばらまいているだけだ。家畜だからってこんな扱いしやがって……絶対許さねぇ。

俺はなぁ!! 動物が大好きなんだよ!!

俺は目の前で列を作って並んでいるオーク達を睨みつけた。人数は百人ほど。誰一人として整列させられている理由がわからない様子。

「これで働いているやつ全員か？」

「はい……全員が牛舎にいましたので」

タバニが額の汗をぬぐいながら答えた。働いているやつ全員……つーことは全員牛舎でだべってたってことかよ。ますますもって気に入らねぇ。

「俺は魔王軍指揮官のクロだ」

厳かな口調で名乗りをあげる。驚いたそぶりが無いところを見ると、指揮官が来ることは全員知っているようだった。俺が来る事を承知であの態度だったってことか。ほほう？

「知っての通り、今回俺は視察としてこの場所に来ている。その意味がわかるか？」

俺の問いかけに何人かのオークが微妙な表情で頷き応える。あとのオーク達は未《いま》だに困惑しているようにキョロキョロと周りを見回していた。

「お前らの仕事振りを見に来たって事だよ」

オーク達がビクッと身体《からだ》を震わせる。その反応……少しは自分達の勤務態度に自覚はあるわけだな。俺はそんなオーク達の顔を一人一人睨みつけていった。

「まだ視察を始めて三十分ほどだというのに、お前らの怠慢さは目に余る。休憩時間だかなんだか知らないが、一箇所に集まって全員でだらだらしやがって……仲良くお昼寝じゃねぇんだよ。動物のために身を粉にして働きやがれ。今のお前らがここにいる価値なんてほとんどねぇよ。ゴブリン達を派遣して世話させた方がよっぽどましだっつーの」

ましっていうかそっちの方がいいんじゃねぇか？　それなりの期間一緒に農作業したから、あいつらの真面目さとひたむきさは十分知っている。とはいえ、あいつらにはあいつらの仕事があるか……やっぱりこいつらをどうにかするほかねぇね。

俺の言葉に多くのオーク達が顔を顰める。おいおい……そんな顔する権利あると思ってんのか？　愛くるしい動物達をほったらかしにしてグータラしていた君達が。

俺はそんな粘りつくようなオーク達の視線を完全に無視して話を続ける。

「今日から俺がこの手でお前らを矯正してやる。地獄を見ることになるだろうから、覚悟しておけよ」

しんっと場が静まり返った。怪訝《けげん》な表情を浮かべて俺の話を聞いていたオーク達からは、今は敵意しか感じられない。自分達の職場《楽園》が得体のしれない奴《やつ》に踏み荒らされそうになってるのが気に食わんらしい。だったら、その楽園とやらを完膚なきまでにぶち壊してやるよ。虐げられている動物達を救えるのは俺しかいない。

「…………ふざけんなよ」

オーク達の中からぽつりと声が聞こえる。まぁ、そうなるわな。俺はどうでもよさそうに、眉を吊《つ》り上げて前に出て来たオーク達を見た。五人か、思ったよりも少なかったな。二十人くらいは反発してくると思ったが……俺の想像以上にオーク達は面倒くさがり屋らしい。

「……なんか文句あるのか？」

「あるに決まってるだろ。俺達はこれまでだってこのスタンスでやってきたんだ。それで問題になったことなんか一度もない」

「なのにわけのわからない奴がいきなりしゃしゃり出てきて、俺達を矯正するだと……!?調子に乗ってんじゃねぇ!!」

おー吠《ほ》える吠える。威勢がいいやつは嫌いじゃねぇぞ。

「そもそも人間とかいう群れなきゃなにもできないクズが、一人で粋がってんじゃねぇぞ！」

「袋叩《ふくろだた》きにされたくなかったら、さっさとここから失《う》せろ！」

あー……いけませんねぇ。人間の恐ろしさをわかっていないと、お前らすぐに戦場で死ぬことになるぞ。これは魔王軍指揮官として教育を施さなければなるまい。

俺はちらりとセリスに視線を向ける。セリスは心配そうな表情を浮かべながら、俺といきり立つオーク達を交互に見ていた。どちらを心配しているかなんて聞くまでもない。

「……俺は魔王軍の指揮官だぞ？」

俺が最後通告を突きつける。これで引かなきゃ知ったこっちゃない。

「だからどうした!?　そんなの関係ねぇ!!」

「ビビらせようと思ってんなら無駄だぞ！」

まったく……俺がビビらせるために言ったと思うか？　魔王軍の指揮官になる男が普通の人間なわけないだろ。バカが。

俺は一瞬で最上級身体強化《クアドラプルバースト》を発動すると同時に、転移魔法で五人の懐に入り込む。そのままあほ面引っ提げて立ち尽くしているバカ五人を容赦なく蹴り飛ばした。

「口ほどにもねぇ奴らだな。偉そうに吠えるんなら、もう少し根性見せろって話だ」

遠く離れたところでピクピクと痙攣《けいれん》しているオーク達を見て、俺はつまらなそうに吐き捨てる。再び静まり返るオーク達。俺は何事もなかったかのように転移魔法で元の場所まで戻った。背後に顔を向けると、タバニは口をあんぐりと開けたまま固まっており、セリスは頭に手を添え首を左右に振っていた。

「……やりすぎです」

「そんなことねぇだろ。ちゃんと手加減した」

俺は蹴り飛ばしたオーク達を指さす。全員もれなく白目は剝《む》いているが、ちゃんと生きてんじゃねぇか。それどころか、脂肪の厚そうな腹を蹴ったから大したダメージは受けてないっての。

セリスは俺の顔を見ながら盛大にため息を吐《つ》いた。

「まぁ、魔王軍指揮官に逆らったツケなので致し方ないことですが……それにしても、らしくないんじゃないですか？」

俺はセリスの視線から逃れるように顔を背ける。俺だってこんな恐怖で縛るなんて真似《まね》したくねぇよ。でも、こいつらを変えるには三日しかないんだ。正直、やり方に拘《こだわ》っている時間なんてない。誰だよ視察に三日間って期限を設けた奴！　マジで後先考えてねぇよ！　あっ、俺か。くそが！

「他に文句のある奴はいるか？」

　俺が静かに言うと、全員が背筋をピンッと伸ばし必死に首を左右に振る。うんうん、やっとわかってくれたみたいだな。

「よし、じゃあこれから俺が動物達との接し方を懇切丁寧に教えてやる」

「「「「…………」」」」

「……返事は？」

「「「「は、はひぃ‼」」」」

　俺の底冷えするような声にオーク達がピシッと敬礼で返した。俺は満足げにうむ、と一つ頷《うなず》くと、セリスの方へ向き直る。

「今日はもう帰っていいぞ。あと明日もセリスは休み。アルカと一緒にいてくれ」

「えっ……ですが」

「これは指揮官としての命令だ」

　俺は有無を言わせぬ口調で言い切った。セリスは不承不承といった感じで頷き、そのまま転移魔法で城へと帰っていく。よしよし。これからこいつらを調教しなきゃいけないんだ、セリスの目には少々刺激が強すぎるだろう。

「さて、と。邪魔者もいなくなったところで早速行くぞ。お前らついてこい！　そこで寝転がってサボってる奴らも引きずってこいよ！」

「「「はい……」」」

「声が小さい!!!」

「「「はいっ!!!」」」

オーク達は慌てて俺が蹴り飛ばした奴らを肩に背負い始めた。こういうやり方は好きじゃねぇんだけどな、もうやるって決めたんだ。こうなったら徹底的にこいつらをしごきぬいてやる！

「はぁ……」

「ママ？　どうしたの？」

「えっ？　あっ……なんでもないですよ」

自分のため息に敏感に反応したアルカにセリスは笑顔を向ける。

二人が今歩いているのはアイアンブラッドの街。突然休みを言いつけられたセリスは、アルカの希望で一緒にボーウィッドを訪ねに来ていた。

相変わらず他の種族などほとんどおらず、街中を歩いているだけでアルカとセリスはかなり目立った。だが、よほどセリスと一緒にいられるのが嬉《うれ》しいのだろう、そんなことは御構《おかま》い無《な》しにアルカは鼻歌を歌いながら、腕をルンルンと振っている。そんなアルカをセリスが微笑《ほほえ》ましく見つめていた。

「今日はねー、ボーおじさんが工場を案内してくれるんだ！」

「そうなんですか。それは楽しみですね」

嬉しそうに報告してきたアルカにセリスは笑顔で応えた。転移魔法を覚えてからというもの、アルカはしょっちゅうアイアンブラッドの街に遊びにきているようだった。その証拠に、道行くデュラハンがアルカを見ると何も言わずに手を振っており、アルカも元気に応えていた。

「アルカはこの街で人気者なんですね」

「うん！　みんなあまり喋《しゃべ》らないけど、アルカに優しくしてくれる人達ばっかかなんだー！」

「それは良かったですね」

それを聞いても特に驚くことはない。デュラハンは他種族と関わりたくない種族だと勝手に思い込んでいた以前の自分であれば、決してそんなことはなかっただろう。自分の心境の変化にセリスは思わず苦笑いを浮かべた。

「それでね！　みんなパパに感謝してるんだ！　だから、みんなが優しくしてくれるのはパパのおかげなんだよ！」

「……そうですか」

突風のように現れ、デュラハン達の常識をぶち壊していったクロ。今ではボーウィッドの工場だけでなく、他の工場でも食事処《どころ》が作られているらしい。

全くもって変わった人だ。

常軌を逸した魔法陣の腕前を持ちながら、それを鼻にかけたりはしない。敵の種族であるはずの魔族のために無茶《むちゃ》も平気でしてしまう。いつもやる気のない顔をしているくせに、時折全力で何かに打ち込もうとする。その姿は……なんというかかっこよかった。

それでも……。

「やっぱり気になりますね……」

今日もクロは朝早くから一人でオーク達の所に行っている。昨日の夜、真夜中過ぎに帰ってきたクロにどんな様子なのか尋ねたら、全く問題ない、と言っていた。その言葉を鵜《う》呑《の》みにするのであれば何も心配することはないのだが、セリスはその時のクロの不敵な笑

みがずっと頭に引っかかっていた。

「……面倒事を起こさなければいいのですが」

セリスはアルカに気づかれないように小さく息を吐くと、アルカと共にボーウィッドの工場兼自宅へと歩いていった。

「おはようアルカ……と、セリスも来たのか………」

「ボーおじさん！　おはよう！」

「おはようございます、ボーウィッド」

アルカを待っていたのか、入り口に立っていたボーウィッドが少し驚いた様子でセリスに目を向ける。

「ということは兄弟もいるのか……？」

「いえ、クロ様は仕事でいません。私は休みをいただいたので、アルカと一緒にお邪魔させていただきました」

「そうか……兄弟は相変わらず忙しそうだな……」

　ボーウィッドが笑いながら少し寂しそうに言った。クロが惜しまれている事がなんとなく嬉しかったセリスの口角が少し上がる。

「魔王軍の指揮官ですから……今はデリシアのミートタウンで暴れていると思います」

「そうか……兄弟は計画のために頑張っているんだな……」

「計画？」

　セリスが首を傾《かし》げると、ボーウィッドが少し顔を逸《そ》らしながら咳払《せきばら》いをした。その仕草にセリスは僅かな不信感を覚える。

「……兄弟には何かを変える力があるから……きっと皆から重宝されているのだな……」

「そうですね……それに関しては同意します」

　そう言って、セリスはアイアンブラッドの街に目を向けた。初めてここに来た時はゴーストタウンと思えるほど無音であったのに、今は少しだけ話し声が聞こえる。

「クロ様には不思議な魅力がありますから、みんな触発されてしまうんですね」

　嬉しそうに笑いかけると、ボーウィッドが意外そうな表情を浮かべた。

「……セリスは兄弟がいないと……素直になれるんだな……」

「なっ……!?」

　途端に顔が真っ赤になるセリス。ボーウィッドは静かに笑うと、アルカの方に顔を向けた。

「さぁ……工場に案内しようか……少し武器作りを手伝ってみるか……？」

「本当⁉　アルカ、武器作ってみたい‼」

アルカがはしゃぎながら工場へと走っていく。ボーウィッドは優しげに笑いながら、その後ろについていった。彼から言われた事にまだ動揺していたセリスだったが、悪いのは全部クロだ、と決めつけ心の平静を保つと、後を追うように工場の中へと入っていった。

結局、一日中アイアンブラッドを堪能した二人が小屋に戻って来たのは、日が落ち始めた頃だった。セリスはいつものように夕飯を取りに行く、と言ってアルカと別れ、城の厨房《ちゅうぼう》へと足を運ぶ。

「やーやー！　セリス様！　ご苦労様でーす！」

そんなセリスに城の女中であるマキが元気よく声をかけた。セリスはマキに軽く挨拶すると、慣れた手つきで夕飯を作り始める。

「はー……相変わらず惚れ惚《ほぼ》れするような手際ですねぇ……」

マキがセリスの包丁さばきを見ながら感嘆の声を漏らした。セリスは少し照れたような笑みを浮かべながら野菜を切っていく。

「そんなことないですよ。マキさんもずっとここでご飯を作っていれば、すぐ上手になります」

「そんなもんですかねぇ……でも、セリス様レベルになれる自分が全然想像できない……」

トントントン、と小気味いいリズムで野菜を刻んでいくセリスを見ながら、マキはため息を吐《つ》いた。

「それにしてもやっぱりセリス様はすごいですよね！　料理も上手ですし、優しいですし、何より容姿端麗！　最近また一段と奇麗になりましたよ！」

「ふふっ……そんなにおだてても何も出ませんよ？」

はにかむセリスの頰《ほお》に赤みがさす。そんな反応もマキにとっては反則的な美しさであった。

「やっぱり恋をすると女は奇麗になるっていいますけど、本当のことだったんですね！」

「…………はい？」

先ほどまで春の日差しのように暖かかったセリスの笑みが、氷のように冷たいものに変わった事にマキは気づいていない。

「やっぱり好きな人のためにご飯を作っているセリス様が一番輝いていますもん！　いやー本当に指揮官様は幸せ者ですよね！　でも、あの人って朴念仁だからなかなか――」

スパンッ。

この場に似つかわしくない斬撃音が厨房内に響き渡る。おや？　っと思ったマキがセリスの手元を覗《のぞ》き込み、ギョッとした表情を浮かべたまま絶句した。

「最近耳が遠くなってしまったかもしれません……マキさん、今何かおっしゃいました？」

柔らかな笑みを向けられたマキは無言でブンブンと頭を横に振る。

「そうですか……あら？　なぜかまな板が真っ二つになっていますね。もう古くなっていたんでしょうか。マキさん？　新しいまな板を持ってきていただけませんか？」

「………はい」

マキは静かに頷《うなず》くと、恐る恐るといった様子でセリスからまな板を受け取った。その切り口を見て思わず背筋が凍り付く。

セリスとの会話中に軽々しくクロのことを話題にしてはいけない、マキは心の中で自分を戒めたのだった。

マキから新しいまな板をもらい、無事（？）に夕食を作り終えたセリスは、いつものように小屋へとそれを運び、アルカと共に食事をとった。そのままお風呂に入れ、アルカを寝かしつけたところで、帰るべきか待つべきか迷ったセリスだったが、やはり気になるので待つことにした。

ギーッ……。

なるべく音を立てないように、という配慮が感じられる戸が開く音が聞こえたのは日を跨《また》いで少し経《た》った頃であった。セリスは玄関の方に振り返りながら声をかけた。

「お疲れ様です。今日もまた随分と遅かった……」

セリスはクロの姿を見て思わず目を丸くする。まるで子供が泥んこ遊びをしたかのように、身体《からだじゅう》中が泥まみれなクロが気まずそうな顔で立っていた。

「ど、どうしたんですかその恰好《かっこう》!?」

「え？　あー……ちょっと羽目を外しすぎたかな？」

クロは照れ臭そうに自分の頬をかいた。それだけで顔に付いた泥がボロボロと落ちていく。

「ま、まぁそれならいいです。それでミートタウンの方は上手《うま》くいったんですか？」

「お、おう！　もちろんでしょうが！」

自信満々に答える割にはクロの目は右に左にと泳ぎまくっていた。セリスの心の中で昼間感じていた不安が膨らんでいく。

「そ、そういえば休暇はどうだった？」

あからさまな話題の転換。もはやミートタウンで何かがあったことは明白。

「……アルカと一緒にアイアンブラッドに行ってきました。とても有意義なものでしたよ」

「そ、そっか！　それならもう一日」

「明日はクロ様について行きますから」

クロの言葉を遮るように、セリスはぴしゃりと言い放った。クロのこの態度……やはり命令を無視してでも一緒に行くべきだったのではないだろうか。いや、まだその答えを出すのは早いかもしれない。それを知るためにも、しっかりとこの目で確かめなければ。

「それではおやすみなさい」

セリスはクロの言葉を待たずしてさっさと小屋を後にした。クロはセリスに伸ばしていた手をそっと下ろし、明日のことを考える。

「明日、セリスがあいつらのことを見たらなんて言われるだろうな……」

泥だらけの自分の腕を見て深々とため息を吐いた。

「……とりあえずシャワーでも浴びるか」

悩んだところでどうせセリスは来てしまうのだ。それならばもう開き直ることぐらいしかできない。クロは黒いコートを脱ぎ捨てると、気を取り直して浴室へと入っていった。

翌日、朝食を終えた俺達は今日もアイアンブラッドに行くというアルカを見送り、ミートタウンへ向かおうと中庭に出ていた。

「……なぁ、本当に来るのか？」

「クロ様がなんと言おうと、今日は行かせていただきます」

セリスの決意は固いみたいだ。こりゃ連れて行かないわけにはいかないわな……絶対に怒られるから嫌なんだけど。いや、うだうだ言ってても仕方ねぇ。もうどうにでもなれってんだ！

俺は半ば自棄《ヤケ》になりながらセリスを連れてミートタウンへと転移した。

ミートタウンにたどり着くや否や、セリスは警戒するように辺りを見回す。

「特に変わったところはないですかね……？」

「お前は何を警戒しているんだよ」

「いえ、クロ様の事だから牧場を魔改造しているのではないかと……」

「んなことするわけねぇだろ」

牧場なんて魔改造できるわけないだろ……牧場は。

セリスは相変わらず、どこかおかしいところはないかと目を光らせている。だから、何にもしてないっつーの。俺のことを少しは信じろよな。……っと、そろそろ時間か？

……ドドド。

なにやら地響きが聞こえてきたが別に慌てることもない。当然、俺はこの地響きの正体を知っているからだ。俺とは違い、何が起きているのかわからないセリスは、不安そうに俺の方に目を向けてきた。

「……なにか近づいてきていませんか？」

「見てればわかる」

そう言って俺は牛舎の方を目で示す。セリスも俺に倣って牛舎に顔を向け、目を細めた。うっすらと何かの群れが俺達の方に向かって全速力で走ってきているのが見える。

「まさか……!?」

唖然《あぜん》としているセリスを放置して、俺は一歩前に出た。目の前までやって来たオーク達は一分の乱れもなく整列し、直立不動の姿勢をとる。

「「「おはようございます!!　クロ指揮官!!　セリス様!!」」」

全員が声をそろえて俺達に挨拶をした。百人近くのオークが一斉に言葉を発しているというのに些細《ささい》なズレもない。

俺は恐る恐るセリスの顔を盗み見た。……うん、反応は概《おおむ》ね予想通り。目の前に広がる光景に頭がついていってないって感じ。ポカンと口を開けたままオーク達を見ている。これ、思考能力が戻ったら百パーセント怒られるやつだろ。

つーかセリスの前であれやるの嫌だなぁ……でも、やらないわけにはいかねぇよな。とりあえず様子見をば……。

「おい、お前ら！　朝からそんな腑抜《ふぬ》けた声出しやがって!!　そんなんで動物の世話ができると思っているのか!!」

「「「申し訳ありませんっ!!」」」

「あー!?　聞こえねぇぞ!!」

「「「申し訳ありませんっ!!」」」

「声がちいせぇって言ってんだよ!!」

「「「申し訳ありませんっ!!!」」」

「うるせぇぇぇ!!!」

俺が怒声を上げると、オーク達はなぜか満足げな表情を浮かべる。よし、とりあえずお約束はやったし、セリスは完全に固まったままだし、もう気にせずに例のやついっとくか。

俺はオーク達を睨《にら》みつけながら目一杯空気を吸い込むと、腹に力を込めた。

「お前らにとって動物とはなんだっ⁉」

「「「動物とはっ！　我が友人っ‼　我が家族っ‼　我が同胞っ‼‼」」」

「ならばお前らは動物に対しどう接するっ⁉」

「「「誠心誠意全力でぶつかるっ‼‼　常に真剣に向き合いっ‼　僅かな違和感をも見逃してはならないっ‼‼」」」

「じゃあ、お前らの身体《からだ》は何のためにあるっ⁉」

「「「動物と共に生きるためっ‼　動物と共に死ぬためっ‼‼　我が身体っ‼　我が心っ‼我が魂は動物と共にあるっ‼‼」」」

「よし！　各自自分の仕事につけ！　解散っ‼‼」

「「「イエッサー‼‼」」」

俺の言葉を受けたオーク達は一糸乱れぬ動きでこの場から立ち去る。多分さっきまでは牛の乳を搾ってたんだろうから、次は羊の毛を刈りに行ったな？　しっかりと心を込めて丁寧に刈ってやるんだぞー。

「……とまぁ……ね？」

「ね？」

　あっ、これセリスさんがマジで怒っているパターンのやつだ。やべぇよやべぇよ。

「ね？　じゃないですよ!!　なんですかあれ!?　完全に人格変わっちゃってるじゃないですか!!」

「いやー……まぁー……うん……反省はしてます」

「反省すれば何をしてもいいってわけじゃないですよ!?」

　ほらほらセリスさん、そんなに眉間に皺《しわ》を寄せていたらせっかくの美貌が台無しですよ？　あんまり怒らない怒らない。

「怒らせているのはあなたでしょうが!!」

　結構ナチュラルに俺の心を読んでくるんですね。めちゃくちゃびびりました。とにかく、暴れ馬のようにフーフー唸《うな》っているセリスを宥《なだ》めなければ。

「まぁまぁ……結果的にはあいつらしっかりと仕事をやるようになったんだぞ？　それともあのままやる気のないやつらで良かったっていうのか？」

「それはっ……!!　良くないですけど……」

「だろ？　やる気になったのはいいことじゃないか！」

　まぁ、今のあいつらの雰囲気だと、やる気っていうか殺《や》る気って感じがするけど。

「これで家畜も大切にされるし、作業もテキパキやるようになったし、良いことづくしだろ？」

「……彼らの性格は魔改造されてしまいましたけどね」

「はっはっは……」

セリスにジト目を向けられ、俺は笑ってお茶を濁す。それに関しては大変遺憾に思っています。

「と、とりあえずあいつらの仕事っぷりを見に行こうぜ」

「……見たくない気もしますが、行きましょうか」

セリスが複雑な表情を浮かべている。なーに、セリスもあいつらの仕事をしている姿を見れば、俺が正しかったって納得するだろう。うん。


「貴様っ!!　今、ヒータが一瞬顔を歪《ゆが》めたぞ!!　ちゃんとヒータの気持ちになって毛を刈れ！」

「はっ！　申し訳ありません!!」

「次同じことをやったら貴様の毛も刈り上げて、ヒータの気持ちを体感してもらうからな!!」

「はっ!!　了解であります!!」

「……なんですかこれは？」

羊小屋でのオーク達の仕事を見学していたセリスは盛大に顔を引き攣《つ》らせていた。うん、あれだ、昨日は別に何とも思わなかったけど、いざ冷静に見てみるとひどいな、これ。

「……いったい何をしたらあんな風になってしまうんですか？」

セリスが非難じみた視線をこちらに向けてくる。別に特別な事なんて何もやってないんだけどな。王国騎士団の訓練ってのを見学に行った時にやってたやり方を真似《まね》しただけだ。

いやーあのスパルタ訓練を見た時は、俺は絶対に騎士団には入らないって思ったけど、実際にやってみたら上に立つ方は結構面白いのな。

それにオーク達の素質もやばい。多分あいつらは上に立つ者の影響を多分に受けるんだろうな。こいつらを束ねていたタバニが面倒くさがり屋で怠惰な男だったから、全員がそんな感じになったっぽいし。まぁ、そんなタバニも……。

「ややっ！　これはクロ指揮官！　ご苦労様であります!!」

俺に気がついたタバニが猛スピードで目の前まで来ると、ビシッと敬礼した。背筋は棒が入ってるんじゃないかと疑う程まっすぐに伸びている。俺が敬礼を返し「休め」と指示を出すと、手を後ろで組み、足を肩幅に広げた。

「セリス様もお勤めご苦労様です!!」

「えっ？　あっ……はい。ご苦労様です……」

　タバニに真正面から視線を向けられ戸惑うセリス。タバニはそんなことを一切気にせず、俺の方に向き直った。

「報告します！　7：00《ナナマルマル》、牛の搾乳および鶏の卵回収を開始！　8：30《ハチサンマル》、両作業を完了し指揮官に挨拶を終えた後、8：45《ハチヨンゴ》、羊の毛刈りを開始いたしました！　現在、異常はありません！」

「搾乳の時と卵を回収する時は？」

「はっ！　ちゃんと一羽一羽に感謝の意を表しました!!」

「了解。引き続き指揮を頼む」

「イエッサー!!」

　再度敬礼をすると、タバニは駆け足で自分の持ち場に戻っていった。俺は他のオーク達を一瞥《いちべつ》した後、セリスに向き直る。

「とまぁこんな具合だ。これで安心して動物達を任せられるだろ？」

「……何をどう解釈すれば安心できるというのですか？」

　セリスはなぜだか疲れたような顔をしていた。そんな顔せんでもいいのにーうちの秘書は本当に色々と気にしいだなー。

「そういえばヒータってなんですか？」

「ん？　羊の名前だ。俺がつけさせた」

「つけさせたってここにいる動物全部にですか？」

「そっちの方が愛着が湧くだろ？」

「……なんか頭が痛くなってきました」

当然のように俺が言うとセリスが自分の頭に手を当てる。はて？　なんか変なこと言ったかな？

午前中いっぱいオーク達の仕事振りを見てきた俺達は昼食をとった後、牛舎に足を運んでいた。

この時間は牛を奇麗にしてやる時間だ。オーク達が自分の担当する牛に話しかけながら丁寧に洗っている。かくいう俺にも担当の牛がいるわけで……。

「おー花子《はなこ》。ここが気持ちいいのか？」

俺は水属性魔法を放ちながら花子の背中を優しく洗う。そんな俺をセリスは無表情で見つめていた。やめろ！　そんな目で見るんじゃない！

気を取り直して、俺は花子に話しかける。

「花子はもうすぐお母さんになるからなぁー。ちゃんと元気な赤ちゃんを産んでくれよ？」

「もうすぐ出産なんですか？」

セリスが興味深げにこちらに近づいてきた。おい、お前が近づいたら花子がなんか変な病気になっちまうだ……いてぇ！　もげるもげる!!　耳を引っ張んのやめてください!!

「俺はそういうのに詳しくないからな。ただ、タバニの話だともうすぐらしい」

「へー……そうなんですか……」

俺が耳をさすりながら言うと、セリスが優しい眼差《まなざ》しを花子に向ける。セリスさん、その優しさを少しだけ俺にも向けてくれませんかねぇ……無理ですかそうですか。

俺は花子の具合を確認するためにタバニの姿を探すが、どうやら近くにはいないようだ。

「……おい！　タバニ!!」

「なんでしょうか!!」

俺が名前を呼んでから コンマ数秒でタバニが現れる。俺がやっといて何なんだけどさ、お前それどうやってんの？　今確実に俺の近くにいなかったよね？

「昨日みたいに花子の様子を見てくれ」

「分娩《ぶんべん》の具合ですね！　かしこまりました!!」

タバニは慎重に花子の下に潜り込み、念入りにその身体を調べ始めた。しばらく、花子の身体を優しくさすりながら待っていると、タバニがゆっくりと這《は》い出してくる。

「乳の色も白いですし、粘液の出方も尋常ではない。これは今夜あたりが山だと思われます！」

「こ、今夜⁉」

もう少し後だと思っていたのに。確か花子は初産だって言ってたよな。……なんか不安になってきた。

「……ご苦労だったな。下がっていいぞ」

「はっ！　失礼します‼」

タバニが持ち場に戻るのを見届けた後、俺は花子を洗うのを再開する。奇麗な身体で産みたいだろうと思い、いつも以上に丁寧に優しく身体を拭いていった。

「……クロ様？　どうかされましたか？」

セリスが心配そうに俺の顔を覗《のぞ》き込んでくる。……しまった、花子を心配しているのが顔に出ていたか。

「昨日から仕事をしっぱなしだからな。ちょっと疲れが出たみたいだ」

「……そうですか」

花子を心配しているのがばれると照れ臭いので俺は適当な言い訳でごまかした。いや、別に適当ってわけでもないか。仕事をし続けているのも、疲れているのも、本当の事だからな。セリスは全然納得していないようだけど。

水洗いを終え、俺がブラッシングを始めると花子が嬉《うれ》しそうにモーっと鳴いた。ブラッシング好きだもんな、花子は。特に背中のこの辺が気持ちいいんだよな。

ブラッシングも懇切丁寧にやってやり、花子を洗うすべての工程を終える。俺が花子の正面に立ち、慈しむように見つめると、花子が笑いかけてきたような気がした。

「花子……頑張れよ……」

俺は花子の身体に優しく触れ、祈るように呟《つぶや》いた。

動物達に夕飯を与え終え、すべての仕事を終わらせたオーク達が、俺とセリスの目の前に整列している。時刻は午後六時。ふむ、昨日は色々試行錯誤を重ねながらやっていたせいか、仕事が終わったのがてっぺんを回っていたけど、今日はなんとか晩飯前には終わらすことができたな。

「気を付け!!」

俺が前に出ると同時にタバニがオーク達に号令をかける。奇麗に並んだオーク達を見ながら俺は声を張り上げた。

「諸君！　三日間という短い期間ではあったが、よく俺についてきてくれた！　感謝している！」

俺は話しながらこの三日間の記憶を呼び覚ます。……動物を愛《め》でていたか、こいつらをしごいていた記憶しかねぇや。とりあえずそれっぽいことを言っとかないと。

「初めて会った時はクソ虫以下だったお前達だが、今では立派な戦士になった！　顔つきも身体つきも三日前とは別人のようだ‼」

そうなんだよねぇ……。いや顔つきが変わるのはわかるんだけど身体つきもねぇ……。なんか前はただの肥満体型だったのに、今はゴリマッチョになってんだよこいつら。プラシーボ効果ってやつか？

「正直俺のしごきについて来られずに逃げ出す奴《やつ》がいると思っていた！　だが、お前らは弱音も吐かず、誰一人欠けることなくこの三日間を耐え抜いた！　俺はそれを誇りに思っている‼」

うわっ！　なんかタバニの奴めちゃくちゃ泣いてんだけど！　号泣なんだけど！　そして、他にも泣いている奴がほとんどなんですけど⁉　俺は騎士団の団長が新人騎士団員にやっていた演説パクってるだけなんですけどぉ⁉

「お、俺がお前達の勇姿を見ることはこれで最後になるが、お前らが俺の部下であったことはどんなことがあっても変わらない!!　そいつを忘れるなっ!!」

「「「はいっ!!」」」

「只今《ただいま》をもって『動物愛護訓練』を終了とする!!」

「「「うぉぉぉぉぉぉぉぉぉ!!!」」」

オーク達が涙を流して雄叫《おたけ》びを上げる。俺はそれを微笑《ほほえ》ましく見ながら、涙で顔をぐちゃぐちゃにしているタバニに近づき、無言で手を出した。タバニは鼻水を垂らしながら真剣な表情で俺の手を握り返すと、全力で敬礼する。俺はゆっくりと頷《うなず》き、オーク達に背を向けた。

「……なんですか、この茶番は……」

終始ドン引きしていたセリスがポツリと呟く。

……うん、俺もそう思うわ。

◆

小屋に帰ってきた俺はいつものように夕飯を食べ、いつものようにアルカと戯れ、いつものように風呂に入ってベッドに横になった。いやー結構な重労働だったけど、スピード解決できてよかったぜ。……んまー改善するように頼まれてなんかねぇけど。

それでも前よりは確実に良くなっただろ。動物達だって喜んでたし、あいつらだって仕事にやりがい感じるようになってたしな。現代っ子みたいにやる気のない奴らが、軍隊よろしくな感じになっちゃったのは気になるけど、必要経費だと思えばいいよなー、うん。

これでやっとギーに交渉できるぜ。流石《さすが》に三日間の視察でぼけーっとしているだけだと、引き抜きの件頼みづらいし、これだけやっておけばギーも文句は言わんだろ。

あー……やっぱ疲れてんなー……なんだかんだ言ってずっと身体《からだ》を動かしっぱなしだったからな……もう瞼《まぶた》が限界だ……おやすみ……なさ……。

モー……。

ガバッ！

俺は布団から飛び起きた。えっなに？　幻聴？　今一瞬花子の鳴き声が聞こえたような気がしたけど……。

いや、聞こえるわけないだろ。大分疲れてんな。俺が今いるのは家。花子がいるのはミートタウンの牛舎だ。寝ぼけんのもいい加減にしてくれ。それに今頃花子は頑張って子供を……。

……あいつ、一人で大丈夫かなぁ……。

心細くないだろうか。苦しんではいないだろうか。難産で命の危機に瀕《ひん》してはないだろうか。

見に行った方が……。

いやないな。それはない。たかだか二、三日面倒を見ただけで情がうつるとか流石にない。いやそりゃ多少は情がうつってはいるけど、夜中に様子を見に行くほどではないな、うん。

俺は寝返りを打ち、再び目を閉じる。

……………………………………眠れない。

「あーもう！」

俺はヤケクソ気味に起き上がると、隣にかけてあった黒コートを羽織る。そして、そのまま転移しようとしたが、その前にアルカの様子を見ていくことにした。

ゆっくり音を立てずにアルカの部屋へと侵入する。幼女の部屋に入り込んだ黒コートの男とか、完全に新聞の見出しだが俺は父親なんで無問題《モーマンタイ》。

俺はベッドの近くにある椅子に腰掛け、アルカの顔を覗き込んだ。えっやだ……何この子可愛《かわい》すぎる。天使のような寝顔だと思ってたけど、天使如《ごと》きじゃうちのアルカには敵《かな》わないわ。天使見たことないけど。

アルカは規則正しく寝息を立てながらぐっすりと眠っていた。俺は静かに手を伸ばすと、アルカの身体を布団越しに優しく撫《な》でる。

「アルカ……お父さん気になることがあるから少し家をあける。ごめんな」

当然、返事などあるはずがない。まぁ、寝ているからな。それでも一応言っておかないとなんか落ち着かん。

俺は満足するまでアルカを眺めてから転移の魔法陣を組み、ミートタウンへと移動した。

「……いってらっしゃい、パパ」

だから、そんなアルカの囁《ささや》きは俺の耳には届かなかった。


牛舎の近くに転移した俺は誰もいないことを確認すると、速やかに牛舎の中へと忍び込んだ。いや、別に悪いことしているわけじゃないんだけどなんとなく、な。それに他の牛は寝ているだろうから、堂々と入るわけにはいかねぇだろ。

牛舎の中は照明魔道具によりほのかに明かりが灯《とも》ってはいるが、それでも慎重に歩かなければ躓《つまず》きそうになるくらいには薄暗かった。どの牛も就寝中のようで、いつもは牛の鳴き声でうるさい牛舎も、今は静寂に包まれている。花子がいるのは一番奥だったな。俺は地図を頭に描きながら、手探りで牛舎の中をゆっくり進んでいく。

そして、無事に他の牛を起こすことなく花子のもとに辿《たど》り着いた俺はホッと息を吐《つ》こうとした。

「……思ったより遅かったですね」

叫び声をあげなかった俺を誰か褒めて欲しい。俺はビクッと盛大に身体を震わせると恐る恐る振り返った。……なんでお前がいるんだよ。

「お前……こんなところで」

俺は壁に寄りかかりながら三角座りをしているセリスに尋ねようとするが、セリスが人差し指を口に当て「しーっ」と言いながら手招きしてきたので、俺は渋々セリスの隣に座った。

「こんなところで何をしてるんだよ？」

先程聞けなかったことを声を潜めて尋ねる。まぁ、答えはおおよそ見当がついているが。

「クロ様が来ると思ったので、待機していました」

……やっぱりな。俺は心どころか行動まで読まれ始めているようだ。そもそもなんでこいつは俺の考えていることがわかるんだ？　いや、もしかしたら当てずっぽうで言っている可能性も……。

「そんなのあなたの顔を見ればわかります」

あ、本物だわ。がっつり心読まれているわ。くそが。俺は悔し紛れにセリスから視線を逸《そ》らし、花子の様子を見やる。

花子は足を折って横になってはいるが目はしっかりと開いていた。その目がなんとなく不安そうだったので、俺はしっかりと見つめ返してやる。それしかできない自分が歯がゆくないと言ったら嘘《うそ》になる。でも、出産の立ち会い経験なんて人間相手ですらないのに、牛相手ならなおさらどうしたらいいのかわからん。俺にできるのは見守ってやることだけだ。

しばらく無心で花子を見続けていた俺は隣にセリスがいることをふと思い出す。ちらりと横に目を向けると、セリスも黙って花子の事を見ていた。

……………なんか気まずい。

いやいやいやいや、昼間とか結構沈黙とかあるんだぜ？　そん時は全然なんとも思わなかったのに、なんか今はこの沈黙がむずむずする。

そもそもこいつはなんでここにいるんだ？　セリスが花子に会ったのは今日が初めてだし、別段動物好きってわけでもない。牛の出産シーンが大好物な特殊な性癖もないだろうし……ないよね？

つーことは俺に付き合ってってことだよな。

こいつはそういうところがあるんだよな……。普段は冷たいくせに時々義理堅いってか、優しいってか、なんかよくわからない奴………でも、そういう時は可愛いって思っちまう。

いかんいかん！　俺は何を考えているんだ！

セリスが可愛い？　錯乱するにもほどがあるぞ。冷静になれ、俺。隣にいるやつは、研磨に研磨を重ねた鋭利な刃物を全身に携えている冷徹毒舌金髪悪魔だぞ。間違っても可愛いだなんて感情が湧くはずがない。

俺は何かを誤魔化《ごまか》すようにセリスに話しかける。

「セリス、無理してここにいる必要ねぇぞ？」

「……別に無理なんてしていませんが？」

セリスの口調はいたって普通。別に強がっているということもない。

「今は秘書の時間じゃない」

「まぁ……そうですね。勤務時間外になります」

正直、何時から何時までがセリスの秘書の時間かなんて決まってないけど、少なくともこんな夜遅くは秘書である必要などないはずだ。俺だって仕事としてここに来ているわけじゃねぇし。

「だったら俺に付き合わなくてもいいって話だ。仕事が終われば自由な時間はセリスのものだし……」

「その自由な時間をどう使っても私の自由ってことですよね？　だったら私は自分の意思で自由な時間をここで過ごしたいと思います」

俺は唖然《あぜん》とした表情でセリスに目をやる。セリスは少しだけ頬《ほお》を赤くして、勝ち誇った顔で俺の事を見ていた。

「……勝手にしろ」

「……勝手にします」

俺がにべもなく告げると、セリスもサバサバした感じで言い返してきた。

あーこういうところだよ。

俺に気を遣わせないようにわざと軽口で言ったり、恩着せがましくならないように高飛車な感じで言ってみたり。

本当にわかりにくいけど、確かにあるそのささやかな優しさが、俺にとっては狂おしいほど愛《いと》おし――。

あかーん！　これ以上はあかーん！

これは仲良い女の子とキャンプに行った時に、夜二人で星空とか見たら変なテンションになっちゃうやつと同じや！　良い雰囲気に呑《の》まれて変な勘違いとかしちゃうパターンのやつだ！　女の子とキャンプになんか行ったことねぇけどな!!

やべぇ……変なこと考えたせいでなんか急に意識しだしちまった。さっきまで気づかなかったけどこいつの肩、俺に当たってるんだよな……どんだけ近くに座ってるんだよ！

あっ、隣に座ったの俺か!!　くそが!!

なんか甘い良い匂いもするし、こいつ身体に蜂蜜でも塗りたくってんのか？　でも、この香り……なんだか心地よくて安心するなぁ……。あっやべぇ……安心したらめちゃくちゃ眠くなってきた……。

いや！　寝たらダメだろ！　それだけはダメだろ！　なんのために来たのかわからなくなるわ！

そうだ！　俺は花子の出産を見届けに来たんだ！　こんなところで……寝るわけに……いかな……………………ぐぅ。

セリスは何も言わずに花子の事をジッと見つめていた。先程からずっと苦悶《くもん》の表情を浮かべており、見ているだけで心が痛んでくる。自分はまだ子供を産んだことがないからわからないが、それがどれだけ大変なことなのか、花子が物語っているようであった。

ポスン……。

何かが上に乗ったのか肩に重みを感じる。不思議に思い目をやると、間近にクロの顔があった。

「ク、クロ様⁉」

思わず顔を真っ赤にして声を上げてしまったセリスは、慌てて自分の口を押さえ、周りの様子を窺《うかが》う。花子はこちらに少し顔を向けたようではあったが、他の牛は起きてはいないようだった。セリスはほっと胸をなでおろし、相変わらず自分の肩に頭を置いているクロに目を向ける。

「……クロ様？」

今度は静かな声で呼びかけてみるも一切反応はなし。耳を近づけるとスースーと静かな寝息が聞こえた。

「……本当に寝てしまったんですか？」

セリスが恐る恐るクロのほっぺたを突っついてみる。クロは顔を顰《しか》めてむにゃむにゃと何かを呟《つぶや》くと、また寝息を立て始めた。そんなクロを見てセリスはくすりと笑う。

「……こうやって見ると、ただの男の子なんですけどね」

そのあどけない寝顔からはあんな常識はずれの魔法が使えるようには到底見えなかった。今のクロの顔は寝苦しそうに顔を顰める年相応の男の子。これが彼の素顔なのだろうか？

なんだかずっと見ていると、吸い込まれそうな感覚に陥いるようであった。いや、自分は実際に吸い込まれているのかもしれない。だってほら、自分の意思とは無関係に自分の顔が少しずつクロの顔へと近づいていってしまうのだから。

だから、これは不可抗力。勝手に身体《からだ》が動いてしまうのだからどうしようもないこと。抗《あらが》うことなどできるわけもない。

ぼーっとする頭でそんな事を考えながら、セリスはクロの唇に自分の唇をゆっくりと近づけていき、そっと目を閉じた。

「……モー!!」

突然花子が鳴き声を上げたことで、心臓が飛び出るほど驚いたセリスは、反射的にクロ

を突き飛ばす。そのまま藁《わら》の山に叩《たた》きつけられたクロは寝ぼけ眼で起き上がった。

「な、何事だ？　敵襲か？」

「キ、キスなんかしてませんよ!!」

「は？　お前何言って……って、その顔どうした？」

わけのわからないことを口走っているセリスに顔を向けると、その顔は茹《ゆ》でダコのように真っ赤になっていた。クロは眉をひそめながらセリスの顔に手を伸ばす。

「熱でもあるんじゃねぇのか？」

「っ!?!?!?!?!?」

クロが額に手を添えると、セリスの頭から煙が吹き出し始めた。そして、何も言わずにその手をはたき、セリスは全力でクロに背を向ける。

「えっ？　なんかごめんなさい……」

「い、いえ！　ちょっと調子が変なだけですから、き、気にしないでください！　別に病気とかではありませんから！」

「そ、そうか？　な、ならいいんだけど……」

明らかにいつもと態度が違うセリスを訝《いぶか》しく思いながらも、クロはここにいる理由を思い出し、慌てて花子に目を向けた。

「あっ！」

「えっ……まぁ!!」

クロの驚いた声に反応したセリスも花子に目を向け、口元を手で覆う。驚くべきことに花子の足元には既に新しい命が誕生していた。

「い、いつの間に……」

「ぜ、全然気がつきませんでした」

何とも言えない空気が二人を包み込む。夜中からずっと花子の側《そば》にいたというのに、一人は熟睡し、一人は呆《ほう》けていたせいで決定的な瞬間を見逃した。心なしか花子も恨めしげにこちらを見ている気がした。

赤ちゃん牛が必死に立ち上がろうとしているのを見ながら、なんとも居たたまれない気分に襲われる。

「……無事花子も出産できたことだし、帰るか」

「……そうですね。帰りましょう」

二人は大きくため息を吐《つ》き、最後に微妙な表情を浮かべながら花子にお別れを告げると、転移魔法でこの場を後にした。

感動の出産シーンを見ることができなかった俺達は、夜明けまでそんなに時間がなかったので、小屋で時間を潰すことにした。ちょうどお日様が顔を出したあたりでいい感じの睡魔に襲われた俺は、セリスの淹《い》れてくれたコーヒーで何とか意識を覚醒させた。

　そういえばミートタウンから戻ってきてから、セリスが全くといっていい程目を合わせてくれない。そんなに途中で寝たことに腹を立てているのか？　それなら途中で起こしてくれればよかったのに。でも、怒っているのとは少し感じが違う気がするんだよなぁ。どことなくよそよそしいし……まぁ、こういうのは時間が解決してくれるだろ！

　元気よく起きてきたアルカと半分以上寝た状態で朝食を食べた俺は、フラフラした足取りで再びギーの屋敷へと赴いた。

「おう、三日間の視察ご苦労様……って、どうした？　ひどい顔だぞ？」

「……気にするな」

　いつも通り書類を眺めていたギーが、俺とセリスの顔を見て目を丸くしている。多分目の下にできたクマのことを言ってるんだろうな。鏡で見たとき俺自身もビビったくらいだし。

「まぁいい。今日朝一でタバニの奴《やつ》が俺の所に報告に来た。牧場をずいぶん良くしてくれたみたいだな」

「あー……まぁ……そうだな」

俺は曖昧な返事をする。オーク達の仕事振りどころか人格まで変えてしまった手前、なんとなく気まずい。

「なんだ？　随分歯切れが悪いな」

ギーは楽しげに指を組み、その上に顎を乗せながら俺を見つめる。その様子からオーク達が変わってしまった事について、ギーは特に気にしているわけではなさそうだ。なら話は早い。牧場の環境が向上したのは事実なんだ。それをネタにさっさと交渉を進めよう。

「いや、別にいい。それよりも……」

「おっ、やる気満々だな。じゃあ、早速次はフィッシュタウンへ赴いてもらおうか」

ギーが俺の言葉を聞かずに次の仕事を振ってくる。ふん、甘いな。この街が四つのエリアに分かれていると聞いていた俺は、こうなることくらい想定の範囲内だ。

「それはできない」

「ん？　なんでだ？　この街の視察に来たんだろ？」

俺がきっぱりと言い切ると、ギーは眉を顰《ひそ》めた。そんな毎回毎回思い通りに事が運ぶと思うなよ。

「この街の視察にもう既にかなりの時間を使っている。確かにこの街にはまだフィッシュタウンがある事は知ってるが、それはまた後日見ることにする。なぜなら俺は他の街にも視察に行かなければならないからな」

これが俺の用意していた答え。こちとら魔王軍の指揮官様だぞ？　お前の街ばっかにかまけてられるかばーか、ってやつだ。だが、正論には違いないはず。

「なるほどな……確かにあんたの言うことにも一理ある」

ギーが腕を組みながら納得したように頷《うなず》く。案外素直に受け入れるんだな。まぁこの辺が人間様とトロール風情の脳みその違いってやつだ。そういつまでも使われているだけの俺じゃないぜ！

「で、一つ相談があるんだが……」

「まぁ、ちょっと待て」

ギーが俺の方に手のひらを向けてくる。なんだよ。俺は早くゴブリンの引き抜きについて話がしたいんだよ。いい加減諦めろ。

「そういえば一つ言い忘れていたことがあってな」

言い忘れていたこと？　どうせ大した話じゃないだろうが。さっさと俺にゴブリンよこせ。

「昨日出産を間近に控えた牛がいてな。今日無事にその子供が産まれたんだよ」

は？　知ってるよ。花子の事だろ。つーか、俺その場にいたし。……なぜか産まれる瞬間は見てないけど。

「実はその牛の事を気にしたタバニが夜中にこっそり様子を見に行ったらしいんだ」

……ん？　その話は初耳だぞ？

「そしたらなんと、お前さん達二人の姿があったらしいじゃねぇか！　タバニは相当驚いたみたいだったぜ？」

「……俺もなんだかんだで気になったからな。花子の側《そば》についてやっていただけだ。それがどうした？」

まさかタバニに見られていたとは……。ギーにその事を知られたのは若干照れ臭いが、別段問題になる事などない。

「まぁ、落ち着けって。なんとなく声がかけづらかったタバニは隠れて様子を窺《うかが》っていたらしいんだが……お前さん途中で寝ちまったらしいな？」

……おいおいタバニ、余計な報告しやがって。こりゃ後でお仕置きだな。

つーか、ギーの考えていることが全然わからん。牛の様子を見に行って、途中で寝落ちしたという話を聞いて俺が考えを変えると思っているのか？

「話が全然見えてこないんだけど？　確かにお前の言う通り、花子には申し訳ないが俺は途中で寝ちまった。でも、その話を俺に聞かせる意味なんてないだろ？」

「……もしフィッシュタウンに行ってくれるんであれば、俺はこの話を誰にもしないと約束する」

「はぁ？」

いや、まじでこいつ何言ってんの？　そんなんで俺がフィッシュタウンに行くと思ってんのかよ。頭いいキャラでここまで来たんだから貫き通せって。バカ全開じゃねぇか。

俺は呆《あき》れた表情を浮かべながらギーの顔を見る。

「あのなぁ……その程度で――」

「その話、本当でしょうか？」

ところがどっこい、なんかものすげぇ食いついた奴がいた。俺が驚いて振り向くと、今まで見たことないくらいの真剣な表情で、セリスがギーを睨《にら》みつけている。多分付き合いが短い奴でもわかるぐらいの必死さだ。

「あぁ、本当だとも。俺が約束を破らないのはセリスもよく知っているだろ？」

「そっちではありません。タバニさんが夜中に牛舎で私達の事を見ていたという話です」

「……本当だ。まぁ、魔がさすってのは誰にでも起こりうる事だ。それにあの雰囲気、らしくない事をやっちまっても仕方ないっていう話だな」

いや、魔がさしたっていうか睡魔に襲われただけなんですけど。それにお前が知らないだけで俺は結構寝落ちするぞ？　むしろあんな所で寝落ちしたのは俺らしい行動だといえる。つーか、別に秘密にしてくれなくてもいいっつーの。なぁ、セリスさん？

「……わかりました。クロ様、フィッシュタウンに行きますよ」

セリスさん？

セリスは俺の手を引き、足早にギーの部屋を出て行こうとする。ちょ、ちょっと待てセリス！　おかしい！　どう考えてもおかしいだろ！

出て行く寸前、セリスは足を止め、顔を向けずにギーに声をかける。

「……約束を違《たが》えないように」

「だから言ってんだろ。俺は約束を破らないって」

それだけ確認するとセリスは俺の腕を力強く摑《つか》んだままギーの部屋を退出した。ちなみに俺は絶賛大混乱中。

「お、おい！　セリス！　ちょっと止まれって！」

俺を引っ張りながらずんずん屋敷の出口を目指すセリスを懸命に呼び止める。

「……なんでしょうか？」

セリスは無表情で返事をするがその足を止めることはない。俺はセリスの腕を握り、力任せに歩みを止めた。

「なんでしょうか、じゃねぇよ！　なんでギーの話を受けたんだ!?」

「……魔王軍の指揮官ともあろうお方が牛舎で居眠りなど、皆に知られれば極刑は免れません」

えっ、そうなの？　なら仕方ない……って、なわけねぇだろ！　なんで寝ただけで殺されんだよ！　そんな修羅の国じゃねぇだろ、ここは!!

「寝落ちしたぐらいで処刑されてたまるかよ！　……つーか、お前朝から様子がおかしいぞ？　どうした？　ギーのやつになんか弱みでも握られたか？」

「っ!?　そ、それは……」

おー、随分露骨に目を逸《そ》らすねぇ。こりゃ当たりっぽいな。

「なるほどねぇ……それを暴露されたくないから仕方なくフィッシュタウンに行く、と。なぜかこの俺が」

セリスは視線を泳がせながらダラダラと冷や汗をかいていた。こんなセリス見たことねぇな。ちょっと新鮮でおもろい。……だがまぁ、からかわないでやろう。いつも冷静なセリスがここまで焦りを見せるってことはよっぽどだ。

「それは俺にも言うことができないことなのか？」

俺の問いかけに、セリスは顔を俯《うつむ》かせ微《かす》かに首を縦に振る。俺は頭をかきながら小さくため息を吐《つ》いた。

「なぁ、セリス？　俺はなんだかんだお前と二人で色々やってきて、それなりに信頼関係は築けていると思っていたんだが……それは俺の思い違いだったのか？」

「それは……‼　はい……私もそう思っています」

「なら俺には話してくれてもいいんじゃねぇか？」

「……話せません。というかクロ様にだけは絶対に話しません」

むしろ俺だから話せないんかーい。信頼関係もなにもあったもんじゃねぇな、おい。

……とまぁ冗談はこれくらいにして、俺だけに話せないとなると、前にギーの野郎が言っていたセリスが人間を憎んでいるってやつだろうな。それが花子の話となんの関係があるのかわからないが、まず間違いないだろう。

「なるほどな……ならしょうがねぇな」

俺はセリスの腕を摑んでいた手を放す。

「……さっさとフィッシュタウンに行こうぜ？」

「えっ……よろしいんですか？」

「いいもなにも、行くって言っちまったんだから行くしかねぇだろ」

俺の言葉を聞いたセリスが申し訳なさそうな表情を浮かべる。あーもう……本当今日は調子が狂うぜ。お前にそういう顔させたくねぇんだよ。俺はセリスから視線を外し、屋敷の出口へ向かって歩き始めた。

「……お前が過去に人間と何があったかなんて俺にはわからない。だが、俺は魔王軍指揮官のクロだ。人間であって人間から外れたはみ出しもんだよ。……だから、お前の心の整理がついたら、いつかその話を聞かせてくれよ」

その時は、俺は魔王軍の指揮官として話を聞いてやる。

やべぇ……自分で言っててかっこよすぎて鳥肌立つかと思った。こりゃセリスも感動して涙ちょちょぎれてんだろうよ！

俺はドヤ顔でセリスの方へと振り返る。肝心のセリスの反応はというと、

「はぁ……？」

キョトンとしていた。

こ、こいつーあまりに感動して呆《ほう》けてしまってんな！　そうだろうそうだろう！　部下の変調を気遣う上司なんてイケメンすぎるもんな！　衝撃的すぎて脳みその処理が追いついていないいんだよ、きっと！

そろそろ言葉の意味がわかってそのキョトン顔が泣き顔へと変化……しない。

え？　ちょっと待って？　えーっと……もしかして俺、間違えた？

「あのー……セリスさん？　ギーにバラされたくないことって、セリスが人間を憎んでいる理由じゃないんですか？」

俺は恐る恐る尋ねてみる。セリスは一瞬眉をひそめたが、何かを思い出したように慌てて頷《うなず》いた。

「そ、そうなんです！　まだクロ様に話すには心の準備が……なのでおとなしくフィッシュタウンへ行ってください！」

えっ、その反応絶対違う理由だったよね？　俺ドヤ顔しちゃったけど違う理由だったよね？

俺はセリスを問い詰めようと思ったが、間髪いれずにセリスの作り出した魔法陣により、フィッシュタウンへと飛ばされた。

第4章　俺が緑の変態の信頼を勝ち取るまで

俺は今一陣の風になっていた。

眼下に広がるのはマリンブルー。陽《ひ》の光を受けキラキラと輝いている。
視界を遮るモノは何一つない。時折聞こえる海鳥の囀《さえず》りが、美しい歌声のように俺の鼓膜を震わせる。

俺はゆっくりと前進し、船首に足をかけ、その膝の上に肘を乗せた。

潮の香りが鼻をくすぐる。それはどこか懐かしい匂いだった。
生物が産まれたのは海の中。おそらく何千年何万年という昔に海に生きていた祖先の記憶が、俺の脳みそに語りかけてきているんだろうな。

俺は母なる海を眺めながら思った。

マジで船酔い気持ち悪い、吐きそう。

そのまま俺は母なる海へと朝食べた物を捧《ささ》げるのであった。

どうして俺が船なんかに乗っているかと言うと、その理由は少し前に遡る。

俺達がギーの屋敷から転移してやってきたのはどこかの港だった。まー、フィッシュタウンっていう名前から魚関係の所であるという予想はしていたから別に驚くようなことではない。

「はー……これが港ねぇ……」

俺は物珍しそうに港を見渡す。俺が住んでいたハックルベル村は山奥にあったから漁業とは縁遠かったんだよな。だから、港はおろか海ですら新鮮だ。ぶっちゃけ初めて来たレベル。

それにしても港っつーのは騒がしい所なんだな。早朝、とは言えないにしろまだ午前中だぞ？　客もわんさかいるし、なんかツノを生やしたがたいのいい魔族が魚を叩《たた》き売りしてやがる。

「随分と活気があるんだな」

「今は朝の十時頃なのでこれでも落ち着いている方ですよ。ここの漁師は日の出とともに漁に出ますからね」

「日の出とともにってめちゃくちゃ朝早いじゃねぇか」

「彼らが漁から帰ってくるのが七時頃、その時間が市場のピークになります。魚は新鮮さが命ですからね。そして、一段落したところで午後からまた漁に出るようです」

朝市ってやつか。話には聞いたことがあるな。朝も早くから漁に出て、帰ってきたらすぐにそれを売って、売り終わったらまた漁に出る……働きすぎだろ、まじで。牛舎の藁《わら》の上で寝ていたバカ共に見習わせたいくらいだ。まぁ、そいつらも俺の英才教育のおかげで今や動物を愛する屈強な戦士達になったけどな。

「ん？　お前ら誰だ？」

俺がセリスと話していると、さっき魚を売っていた男が怪訝《けげん》な表情を浮かべながら近づいてきた。うわ、なんだこいつ。間近で見たら俺よりもでかいじゃねぇか。しかも、かなりマッチョだ……これが海の男って奴《やつ》なのか？　ツノ生えてるけど。

「って、そこにいる別嬪《べっぴん》さんはセリス様じゃねぇか！　つーことはこっちのひょろっちいのは噂《うわさ》の指揮官か？」

ひょろっちくて悪かったな。お前が無駄に筋肉多いだけだ。てか、お前誰だ。

「はじめましてセリスと申します。こちらは魔王軍指揮官のクロ様です」

セリスが丁寧に挨拶をする。流石《さすが》にブレねぇな。セリスの奴。こんな荒くれ野郎が相手でもほとんど態度が変わらねぇよ。

「おう！　ギーの旦那から話は聞いてるぞ！　お前ら視察とかいうのをしにきたんだろ？」

なんつーか態度も身体《からだ》もでかいんだけど。こういう輩《やから》はあんまり得意じゃないんだよな。

「俺はこの辺を取り仕切ってるオーガのダニエルだ！」

オーガ……なるほど、こいつがねぇ。人間にかなり恐れられている種族だな。確かにゴブリンやオークに比べると威圧感が段違いだ。

「へー、取り仕切ってるということはお前がオーガのリーダーって認識でいいのか？」

「まぁな。そこまで大仰なもんじゃねぇが、オーガってのは我が強くてな……まとめる奴がいないと大変なんだよ」

うん、まーダニエルを見てれば我が強いってのは納得だな。説得力がちげぇわ。

「なら話は早い。ダニエル、このフィッシュタウンで何か問題は……」

「おい、何勘違いしてんだ？」

ダニエルが俺の方を呆《あき》れ顔で見る。勘違い？　どういうこと？

「新しい指揮官の度量を確かめろ、それがギーの旦那に言われたことだ！　だから、お前が俺達を見定めるんじゃなくて、俺達がお前を見極めるんだよ！」

えっ？

「今日からお前には俺の船に乗ってもらう！　その働き振りを見て俺が指揮官に相応《ふさわ》しいか判断してやる！」

えっ？　えっ？

「いいか？　俺が納得するまでは船で働いてもらうからな！　お前の器を俺達によく見せてみろ!!」

えぇぇぇぇぇぇぇぇ!?

と、まぁこんなことがあってさっきの場面に戻るってわけだ。俺はダニエル率いる船に漁師見習いとして乗ることになった。はっきり言って漁の経験なんか皆無だ。それどころか船に乗ったことすらない。まぁでも、あれだろ？　網投げて魚とればいいんだろ？　余裕だろ、マジで。

だが、俺は思い知ることになる。自分がいかに無力な存在であるかを。

「ふぇぇ……セリスぅ……み、水ぅ……」

「はいはい、今持ってきますからね」

俺が船室のベッドで情けない声を上げると、セリスは文句も言わずに水を取りに行った。その優しさが今の俺には身に染みる。

舐《な》めてた。完全に舐めてた。初めての船に人知れずテンション上がりまくっていた三十分前の自分を殴り飛ばしたい。

なんでこんなに揺れるんだよ。おかしいだろ。しかも地震みたく小刻みに揺れるんじゃなく、このスイングされているような感覚は脳みそをシェイクされているような気分に……想像したらまた気持ち悪くなってきた。

俺はベッドの脇に置いてあるゴミ箱に顔を突っ込む。もう出るものなんかないっつーのに俺の胃はそれでも何かをひねり出そうとするのか。くそが。

苦しむ俺の背中を優しくさする手の感触。やばい、今そんな優しさみせられたら、キュンッってしてまう！

「早く慣れてくださいね。吐瀉物《としゃぶつ》の処理は秘書の仕事には入っていませんので」

……やっぱり辛辣ですねセリスさん。でも、なんだかんだで面倒みてくれるのは本当に助かるわ。俺はセリスから水を受け取り、ゆっくりと水分を補給する。

「お得意の魔法陣でなんとかならないんですか？」

「……こういう病気の類は無理だ。回復魔法が有効なのは外傷だけ……」

話している途中で一段と激しい揺れ。俺はすかさずゴミ箱の方に顔を向ける。

「おいおいおい……情けねぇ姿見せてんじゃねぇぞ！」

俺の様子を見に来たダニエルが呆れたような口調で言ってきた。つーか、お前いつの間に入ってきたんだよ。さっさと出てけ。お前の顔見てると吐き気がさらに増す。

「セリス様は平気なんだな！　流石だ！」

「恐らく魔族の三半規管が優れているんだと思います。人間は……その……脆弱《ぜいじゃく》なところがありますから」

セリスが言いにくそうに告げる。いや、そこは俺に気を遣わなくてもいいぞ？　身体能力的に魔族に劣ることは明白だからな。その分俺には魔法陣がある。

「けっ！　やっぱ人間ってーのは脆《もろ》くていけねぇなぁ!!」

お前は少し気を遣え。俺は魔王軍の指揮官だぞ。

「このままじゃお前の情けねぇ姿しか拝めねぇじゃねぇか！　とにかくそんなんじゃ指揮官としての器を見極めらんねぇから、さっさと船に慣れてくれ指揮官さんよぉ！」

ダニエルはそれだけ言うと船室から出て行った。船酔いに感謝するんだな。もし俺が万全だったら地平線の彼方《かなた》まで吹き飛ばしていたぞこの野郎。

俺はベッドに横になりながらそんなことを考えていた。そんな俺に優しく布団をかけてくれるセリス。やめて！　優しくされたら泣きたくなる！　俺はどぎまぎしながらセリスに感謝しつつ、ゆっくりと目を閉じた。

そして、ここから俺にとって地獄の日々が始まる。

航海日誌二日目
船酔いした。気持ち悪い。吐きそう。
航海日誌四日目
船酔いした。気持ち悪い。吐きそう。
航海日誌七日目
船酔いした。気持ち悪い。吐きそう。
って、全然進歩してねぇじゃねぇか‼　農業日誌の時はもっと色んなエピソードがあっただろうが!!　どんだけ代わり映えしないんだよ!!　もう一週間だぞ!?　流石に慣れるだろ、俺!!

今日は船室ではなくデッキに出ていた。あんな空気の悪いところにいたらいつまでたっても船酔いなんて治る気がしねぇ。風に当たってる方が幾分マシだわ……うっぷ。

「相変わらずひっでぇ顔してんな！」

ん？　なんだダニエルか……。俺はダニエルを一瞥《いちべつ》するとすぐに視線を海へと向ける。あんまり視線を一箇所に集中させると酔ってくるからな。

「ほら！　これ食えよ！」

ダニエルが笑顔で差し出してきたのはエビをふんだんに使ったサンドウィッチ。おいおい、正気か？　そんなん俺が食ったら、すぐに魚の餌を口からばら撒《ま》くことになるぞ？

「どう見たって食欲ねぇだろうが……」

「指揮官さんのことだ！　吐くのが嫌だから朝飯もろくに食ってねぇんだろ？」

ダニエルの言う通りだった。最近は朝、昼と完全に抜いており、食べているのは夕飯だけ。その夕飯も船酔いの影響で半分も食べられない始末。

「船酔いっつーのは空腹も満腹も良くねぇんだ！　どうせ食わなくても吐いてんだから、試しに食ってみろ！」

うーん……確かに今の俺が何かを食おうが食うまいがあんまり関係ないんだよね。一応こいつはその道のプロなわけだし、少しでも良くなる可能性があるなら口車に乗ってみてもいいかもしれない。

俺は仏頂面でダニエルからサンドウィッチを奪い取ると、無理やり口の中へと押し込んだ。多分味はいいんだと思うが、そんなのを感じている余裕なんて俺にはない。

「どうだ？　少しは楽になったか？」

……言われてみれば。食べた瞬間吐くだろうと思っていたのに、どうやらそんなことはないみたいだ。相変わらず気分は優れないが、それでもさっきよりは大分マシになった。

心なしか食欲も湧いた気がする。

「……まだサンドウィッチはあるか？」

「がっはっはっ！　そうかそうか！　今持ってきてやる！」

そう言ってダニエルは笑いながら船室へと戻っていった。

その後、ダニエルが持ってきたサンドウィッチを食べた俺は、少し気分が良くなったのでオーガ達の漁に初参加することにしてみた。

今日は投網漁ってのをやるらしい。網を海に投げて引きずるようにして船を走らせ、それを引っ張り上げるやり方の漁だ。やっぱり漁といったらこれだよな。

「よぉーし!! テメェら引きあげろ!!」

「「「おおお!!!」」」

ダニエルの怒声にいきり立つオーガ達が一斉に自分の位置につく。俺も遅れないようについていき、両手で網を持った。

「行くぞー!! それっ!!」

「「「イチッ!! ニーッ!! サンッ!! シッ!!」」」

掛け声と共に全員で引っ張り上げる。俺も負けじと引っ張ろうとするんだけど、どっちかっていうと網に引っ張られてるわ、これ。

「おい! 新入り! 腰入れてしっかり引っ張りやがれ!!」

「っ!? わかってんよ!!」

近くにいたオーガが俺にダメ出しをしてくる。そこまで言うんならやってやろうじゃねぇか! まさかこんなところで披露することになるとは思わなかったがなぁ……いでよ! 俺のインナーマッスル! 今こそその力を解放するのだ!!

結局邪魔だからって見学に回されました。くそが。

その後、ダニエルの助言に基づき、朝昼しっかりと食べることで俺の船酔いはかなり改善されてきた。少しずつ船でやる仕事を手伝い始めてはいるが、まだまだ役に立っているというには程遠い。……確かダニエルが納得するまで船の仕事を手伝わなきゃいけないんだったよな。これ一生かかっても無理じゃね？

まぁグダグダ言ってても仕方がねぇ！　もう船酔いなんか怖くねぇんだ！　奴《やつ》に俺の指揮官の器とかいうやつを認めさせてやるぜ！

浮かない表情で船室から出てきたセリスにダニエルが声をかける。

「指揮官さんはどんな様子よ？」

「……まるでダメです。ゴミ箱が親友とばかりにくっついて顔を突っ込んだまま、身動き一つしません」

「あちゃー……最近良くなってきたと思っていたんだが……まぁ今日は流石《さすが》に厳しいか」

ダニエルは壁に手をつきながら苦笑いを浮かべた。今日の天気は雨。しかも大時化《おおしけ》。凄《すさ》まじい波の荒れ具合で、どこかに摑《つか》まっていなければ立っていることもままならない。

「とりあえず濡《ぬ》れちゃいけねぇから、セリス様は指揮官さんと一緒にいたらどうだ？」

「いいえ。私はあの人の秘書ですから。あの人が抜けた分私がその穴を埋めます」

「かー！　こんな出来た美人の秘書を持って指揮官さんが羨ましいねぇ！　まぁ、あいつの穴なんか針で刺した程度のもんだけどな！」

ダニエルは豪快に笑いながら甲板へと出て行く。セリスもその後についていった。

甲板は船内よりも更に酷《ひど》い有様だった。銃弾のように打ち付ける雨。時折高波が船の側面にぶつかり、激しい水飛沫《みずしぶき》を上げていた。

「これは……凄《すご》いですね」

「いやー流石の俺も驚きだわ。今までで一番なんじゃねぇか？」

長年海に出ているダニエルですら驚愕《きょうがく》させる荒れ具合。これではクロの身体《からだ》がもたないのも無理はない。

「どうしますか？」

「そうだな……網を投げても波にさらわれそうだし、釣竿《つりざお》振ってもどっかに吹き飛ばされそうだな。まいったな、こりゃ」

ダニエルが困り顔で頭をかく。そもそもこんな天気で船を出すこと自体が無謀だったのでは、と思わなくはないがセリスは黙って船長の判断を待った。

「今日は引き返すとするか！」

「そうですか！」

ダニエルの言葉を聞いて、セリスが嬉《うれ》しそうに笑みを浮かべる。セリスとしては一刻も早くクロを小屋へと連れて帰り看病をしてやりたかったのだ。そんなセリスを見てダニエルがニヤリと笑いかける。

「セリス様は指揮官さんのこと大事に思ってるんだな！」

「そりゃ……一応私は秘書ですからね。上司の体調管理はしっかりとやらないといけません」

少し頰《ほお》を赤くしながら照れ隠しのように素っ気ない口調でセリスが言った。だが、ダニエルの笑みは深まるばかり。

「……まぁ、気持ちはわかるがな」

「えっ？」

「あいつは人間だがなかなか骨がある。三日やそこらで弱音が出ると思ったが、そういうのは一切吐かなかったな！　違うもんは吐いてたけどよ！」

ダニエルが鋭い歯を見せて笑った。セリスもそれにつられるようにして微笑《ほほえ》む。

「意外と負けず嫌いですからね、あの人は」

「そのようだな！　今日の仕事振りを見て指揮官として認めようと思ったが、それは明日に持ち越しってことで！」

そう言うとダニエルは外で海の様子を探っているオーガ達に声をかけた。

「野郎ども！　こんな天気じゃ魚なんてかからねぇ！　今日は尻尾まいて帰るぞ!!」

「「「おお!!」」」

オーガ達が慌ただしく甲板を駆け出し、船の進行方向を変える。船はゆっくりとその場で百八十度旋回し、港へと引き返し始めた。

「さぁて……今日はボウズもいいところだからなぁ。戻ったらしっかりと明日の準備を」

「キャプテン!!」

ダニエルが港に着いてからの事を考えていると、若いオーガが焦ったような声を上げる。その声音が明らかに普通ではなかったため、ダニエルは真剣な表情でそちらに顔を向けた。

「どうした？」

「船の周りに怪しい影が見えます!!」

「なんだと!?」

若いオーガの言葉に反応したダニエルが急いで船の袖から顔を出し、海に目をやる。しばらく左右に走らせていたその目が何かを見つけ驚愕に見開かれた。

「野郎ども！　緊急事態だ!!　全員オールを持って全力で漕《こ》ぎやがれ!!」

ダニエルが大声で指示を出すと他のオーガ達は慌てて倉庫から巨大なオールを取り出し

船を漕ぎ始める。ダニエル自身も自慢の筋肉を遺憾なく発揮し、オールで推進力を生み出していった。

「な、何があったのですか⁉」

ただならぬ雰囲気を感じとったセリスがダニエルに声をかける。だが、ダニエルは漕ぐのに必死でセリスに状況を説明する暇などない。

「セリス様！　あんたは船室に避難しておけ！　あれは……」

ザパーン‼

ダニエルの言葉は途切れたが、セリスは海の方に目を向け、彼が言わんとしていた事を理解する。

それは起き上がるようにゆっくりと海中から姿を現した。

真っ白な身体に真っ赤な目玉。口から長く伸びた犬歯はこの船を容易《たやす》く嚙《か》みちぎるほどに鋭く尖《とが》っている。

身体の大部分が海の中にあるというのに、悠々と自分達の乗っている船を見下ろしていた。

恐らく全長は百メートルを軽く超えるであろう、巨大な蛇のような形《なり》をしたそれの名前は、

「リ、リヴァイアサンだぁぁぁ!!!!」

海の生態系の頂点に君臨するといわれている海龍《かいりゅう》・リヴァイアサン。

王たる威厳を示すが如《ごと》く、堂々とした姿でセリス達の前に姿を現した。

「こいつはやべぇぞ……全員、戦闘準備!!」

ダニエルの声に反応し、オーガ達がオールを投げ捨て背負っていた武器を取り出す。しかし、オーガ達が持っているのは斧《おの》やら槍《やり》やらといった近接戦闘用の武器。大海原にいるリヴァイアサン相手に有効だとはとても思えない。

「てめぇら！　モリだ!!　モリを投げつけろ!!」

それを理解しているダニエルが近くに置いてあったモリを拾いながら指示を出す。

「投げられるもんは全部投げつけろ！　後は海の王様が撤退するのを神に祈れ!!」

オーガ達が甲板にある樽《たる》やら木箱やらを力一杯投げつけ始めた。だが、リヴァイアサンには全く効果がないようだ。その巨体に対してぶつかる物があまりにも小さすぎる。人間に対し、爪楊枝《つまようじ》を投げたところで大してダメージを与えられないのと同じだ。

このままではまずい、そう判断したセリスが勢いよく前に出る。そして、左右に全く同じ上級魔法の魔法陣を素早く構築した。

「〝燃え盛る二丁の散弾《フレイムガトリング・ダブル》〟!!」

　同一の魔法陣を重ね合わせることでその威力を底上げする重複魔法によりセリスがリヴァイアサンを攻撃する。その二つの魔法陣から無数の炎の弾丸がリヴァイアサンに向け発射されたが、ここは海上であり、洪水のような雨も降っているのだ。炎の威力は否が応でも減衰し、リヴァイアサンに対する有効打にはなり得ない。

「ギャオオオオウ!!!」

　リヴァイアサンは雄叫《おたけ》びを上げると海中から尻尾を出し、海面に思いっきり叩《たた》きつけた。その瞬間、発生する船を飲み込むほどの大津波。ダニエルはあまりの規模の大きさに思わず息を呑《の》んだ。

「まずい！」

　いち早く反応したセリスが船全体を包み込むように魔法障壁を張り巡らせる。己の魔力を障壁として具現化する魔法障壁は、その面積が広くなればなるほど当然耐久力も落ちてしまうのだが、襲いかかってくる波から船を守る程度であれば問題なく機能していた。

　自身の発生させた波で転覆すると思っていた船が健在であることを見たリヴァイアサンは、目を細めると大きく口を開き魔法陣を構築し始める。船を易々《やすやす》と飲み込めるほどの大きさであるリヴァイアサンの作り出す魔法陣も規格外に巨大なものであった。

「あれは……水属性の最上級魔法《クアドラプル》!?」

「おい、やべぇぞ!! あんなの喰《く》らったら船がひとたまりもねぇ!!」

セリスが驚きに目を見開く隣で、ダニエルが焦ったように声を上げた。

「なんとか出来上がる前に潰すんだ!!」

ダニエルがそこら辺にあるものを片っ端から投げつける。他のオーガ達も四の五の言っている暇はないとばかりに、自分の武器や甲板の板などを手当たり次第にリヴァイアサンへとぶつけていった。だが、その程度、リヴァイアサンにとって蚊に刺された程度の衝撃にしかならない。一切意に介することなく、魔法陣を構築していく。

「くっ……何か有効な幻惑魔法を……!!」

セリスは必死に頭を働かせるが全くいい案が思いつかない。サキュバスの固有魔法である幻惑魔法は人間や魔族を想定して作られた魔法。対象の体躯《たいく》が人型から離れれば離れるほどその効き目は薄くなる。

以前、ドラゴン相手に有効に機能したのはセリスの幻惑魔法使いとしての腕と対象との距離、そしてドラゴンの大きさにあった。あの時、セリスはドラゴンの間近におり、大きさは精々が十メートル。だが、今回の相手はセリスからほどほどに距離があり、その体躯はドラゴンの十倍以上。いくら天才的な幻惑魔法の使い手であるセリスといえど、リヴァイアサンに何らかの幻惑魔法をかけることは不可能であった。

セリスは顔を歪《ゆが》めながら一種上級魔法《ソロトリプル》を組成する。

「〝螺旋の突風《トルネード》〟!!」

セリスの魔法陣から発生した竜巻がリヴァイアサンの顔面に襲いかかった。だが、それすらもリヴァイアサンはコバエを振り払うかのように頭を振るだけでかき消す。

「やっぱりこの程度じゃ……!!」

すぐさま別の魔法陣を構築しようとするセリス。だが、そんな時間はもうなかった。

「ギャオオオオガァァァァァ!!」

水属性の最上級魔法《クアドラブル》を完成させたリヴァイアサンは口から強烈な水のブレスを吐きだす。

セリスは迫りくる水流に怯《ひる》むことなく、魔法陣の構築を中断すると両手を前に突き出し、自分の身体にある魔力全てを使って強力な魔法障壁を展開した。

リヴァイアサンのアクアブレスがセリスの魔法障壁と衝突する。その瞬間、凄《すさ》まじい衝撃波により、船とリヴァイアサンの周りから大波が発生した。

「ぐっ……!!」

セリスは歯を食いしばりながら必死に魔力障壁を維持し続ける。他のオーガ達はその余波を受け、立っていることなどできるわけもなく、船に這《は》いつくばりながらセリスの事を縋《すが》るように見つめていた。

魔力の供給過多によりセリスの腕から血が噴き出し始める。それでもセリスは腕を下ろさず、魔力障壁に魔力を流し続けた。

永遠とも思えるほど続いたリヴァイアサンのアクアブレスが途切れる。それを確認したセリスは腕をだらりと下ろし、ふらふらと身体《からだ》を揺らした。二つの魔法の衝突により床に伏せていたダニエルは慌てて立ち上がり、倒れかかってくるセリスの身体を慌てて抱きとめる。

「セリス様⁉　大丈夫か⁉」

「えぇ……それよりリヴァイアサンは？」

「え？　あぁ、あいつは……」

慌てて顔を上げたダニエルは信じられない光景を前にそのまま絶句した。彼女が死に物狂いで防いだあのアクアブレスを、リヴァイアサンは涼しい顔でもう一度放とうとしているのだ。セリスもダニエルの雰囲気から状況を察し、その腕から離れると、もう一度魔法障壁を作ろうとし始めた。

「っ⁉　セリス様無茶《むちゃ》だ！　それ以上はあんたが死んじまう‼」

「……たとえそうだとしても、何もやらなければ結局死んでしまいます」

セリスの言っていることは正しい。だが、もう碌《ろく》に手も上がらないセリスが、必死に魔力を練ろうとする姿は痛々しくて見ていられなかった。

「くそっ！　野郎ども!!　何とかあの化物ブレスから避難するぞ!!」

ダニエルは甲板に転がっているオールを持つと必死に漕ぎ始めた。他のオーガ達もそれに続く。だが、全員頭ではわかっていた。あのブレスから逃れる術《すべ》など何もない。そして自分達が助かる術もない。

みるみる構築されていく魔法陣を前に、誰もが絶望にも似た表情を浮かべた。

バーン!!

そんな空気をぶち壊すかのように、船室へと続く扉が乱暴に開かれる。全員の視線がその音の方に向いた。

そこに立っていたのは明らかに不機嫌な表情を浮かべる魔王軍指揮官の姿。

クロはオールを使って必死に船を漕ぐオーガ達を胡乱《うろん》な目つきで一瞥《いちべつ》し、目の前で魔法陣を構築しているリヴァイアサンに目をやり、ホッとした表情で自分を見るセリスに目を向け、眉をピクリと動かした。そして、ゆっくりと近づいて行くと、セリスの血だらけの腕に優しく触れる。

「〝癒しの波動《エクストラヒール》〟」

即座に回復属性の上級《トリプル》魔法をセリスの腕にかけた。その瞬間、見るも無残だったセリスの腕は何事もない奇麗な肌へと戻っていく。

「あ、ありがとうございます……」

セリスがほんのり顔を赤らめながらお礼を言うが、クロはそのまま何も言わずにリヴァイアサンの前まで歩いていった。

「お、おい！　指揮官さん‼」

ダニエルがクロを呼ぶが一切の反応はなし。ダニエルもそれ以上クロに声をかけるのは憚《はばか》られた。それだけ剣呑《けんのん》とした雰囲気がクロの身体からあふれ出している。船酔いで情けなくダウンしていた面影は微塵《みじん》も感じない。

クロは両手を前に出すと、リヴァイアサンのものと遜色ない大きさの魔法陣を三種魔法《トリオ》で構築する。当然全てが最上級魔法《クアドラブル》。

あまりの光景にオーガ達が呆気《あっけ》にとられて見ている中、後から組成したにもかかわらず、クロはリヴァイアサンよりも早く魔法陣を完成させた。

腹に響くような低い声がクロの口から発せられる。

「おい、クソ蛇」

「うちの大事な秘書を傷つけてんじゃねぇよ」

その言葉にセリスが目を見開いた。そんなことには気づかず、クロは三種最上級魔法《トリオクアドラブル》を

り結び付けた。発動させる。作り上げたのは火、水、重力属性。相反する二つの属性を重力魔法が無理や

「〝水蒸気爆発《スチームエクスプロージョン》〟」

魔法陣から放たれた業火が、同じく魔法陣から生まれた巨大な水球にぶつかる。何も起こらないと思いきや、次の瞬間にはリヴァイアサンの顔で凄まじい爆発が起こった。襲い来る爆風から、クロは魔法障壁を張り船を守る。

まさに一瞬の出来事であった。だが、その全長を確認することは敵《かな》わないほどに巨大なリヴァイアサンが、肉片を残して跡形もなく消し飛んだことから、その圧倒的な威力を窺《うかが》い知ることができる。

「……でかい身体で船の側《そば》に出てくんじゃねぇよ。揺れんだろう、くそが」

全員があんぐりと口を開けて自分を見る中、クロは吐き捨てるように言うとまた船内へと戻っていく。そんなクロの背中を見ていたダニエルは引き攣《つ》った笑みを浮かべる事しかできなかった。

「魔王軍の指揮官……ははっ。バケモンだな、ありゃ」

そう呟《つぶや》くと他のオーガ達に視線を向ける。もうこの場にはクロを魔王軍の指揮官と認めない者など誰もいなかった。

いやーなんかラッキーだったわ。

今日の船の揺れは今までの比じゃなかった。やっと船の揺れに慣れてき始めて船酔いを克服したと思ったらこれだよ。

とにかくやってらんないほどの船酔いに悩まされていた俺は、大人しくベッドで寝ていたんだけど、途中からその揺れがさらに激しくなってさ。投げ捨てられるようにベッドから落とされたんだよ。

流石《さすが》に何事かと思ってイライラしながら甲板に出たら、なんかオーガ達は必死にオールを漕《こ》いでるし、でかい蛇みたいな奴《やつ》いるし、その上セリスの腕からはたくさん血が出てるし。

ほぼ八つ当たりみたいな感じで、そのでかい蛇を倒して、さっさと部屋に戻って引き籠ってたら、いつの間にか港に帰ってきててさ。そんでほっとしながら部屋を出たら、待っていたダニエルが突然俺を魔王軍指揮官として認めるとか言い出したんだ。正直何が良かったのかはさっぱりわかんねぇけどマジ良かった。

はじめはこんな嵐みたいな天気で漁に行くのかよマジふざけんな、とか思ってたけどこれで船旅ともおさらばだからな！　心の底から嬉《うれ》しいぜ！

なんか港に早く戻ってきたっつーことと、俺の指揮官就任祝いも兼ねて酒場で宴会するらしい。俺もセリスも誘われてさぁ……少し迷ったんだけど、こういうのに付き合うのも大切かなって思って承諾したんだよ。

まぁでも、アルカを一人にはできないってことで、もう一人参加させる許可をもらってな。アルカを迎えに行った俺は港にある一番大きな酒場に戻ってきたってわけ。

つーことで、今俺はオーガ達に自分の愛娘《まなむすめ》を紹介しているところだ。

「この天s……この子は俺の娘だ。アルカ？」

「アルカです！　よろしくお願いします！」

礼儀正しく頭を下げるアルカをみんな目を丸くしながら見つめている。そうだよなーそんな顔になるくらいアルカは可愛《かわい》いよなー。

「……指揮官さん、結婚していたのか？」

「あー……結婚はしていない。この子は養子だ。でも、実の娘同然に思っている」

アルカの頭を撫《な》でながら俺は自信満々に言った。実際、本当の子供がいるわけじゃないからあれだけど、でもそれくらい大事にしているというのは事実だ。

「なんだそういうことか！　アルカの嬢ちゃん、よろしくな！」

「うん！」

笑顔で頷《うなず》くアルカにオーガ達が温かな視線を送る。アルカは酒場をキョロキョロ見回すと、奥に三人座れる席を見つけセリスの手を引っ張った。

「ママ！　あそこの席に行こうよ！」

はい、いつものあれね。もうテンプレになってきてるな、アルカのママ発言。ってあれ？　いつもは表情が凍り付くセリスが、なんか普通にアルカについていってんだけど？ってか船を降りてから借りてきた猫みたいに大人しくなってんだよな、あいつ。もしかして魔力の使いすぎで体調が良くないのか？　俺の回復魔法じゃそこまでは治癒できないからな。

とりあえず何か言いたげなオーガ達を睨《にら》みで黙らせる。セリスがアルカのママには触れるんじゃねぇぞ？

俺はオーガ達の間を歩いていき、セリスの隣に腰を下ろした。

「あんなに無理して魔力を行使しやがって……体調が悪かったらすぐに言えよ？」

「えっ？　は、はい……すみません……」

セリスは顔を赤くしながら俯《うつむ》いた。あー……これはかなり重症ですわ。すべての棘《とげ》と毒が抜け落ちてやがる。俺のガラスハートが傷つくことはないが、この状態のセリスはセリスで、なんか精神力がゴリゴリ削られるんだよな。

「おう！　お三方！　何飲むよ？」

ダニエルがビールジョッキを片手に持ちながら俺達のところへやって来た。いや、酒持つの早くね？　それって全員の注文聞いたら運ばれるんじゃねぇの？　なんで酒持ちながら酒の注文聞いてんだよ。

「俺は蜂蜜酒をロックで」

「アルカはリンゴジュースがいい！」

「私は……お水をください」

おいおい……酒場に来て水だと？　そんなことがあっていいわけがない。確かにセリスはリヴァイアサンとの戦いで消耗しているかもしれねぇが、それならむしろお酒を飲んで身を清めるべきだ！

「セリス……今日くらいはお酒飲めよ」

「そうだぜセリス様！　酒場は酒を飲むところだぜ？」

「えっ……ですが……」

俺とダニエルにジト目を向けられ狼狽《うろた》えるセリス。まったく……こいつの真面目っぷりときたら……しゃあない、助け舟を出してやるか。

「魔王軍指揮官として命ずる。セリスよ、今日は羽目を外して楽しめ」

「おっ！　清々《すがすが》しいまでの職権乱用！　いいねぇ！」

「クロ様……。わかりました。それでは葡萄酒《ぶどうしゅ》をください」

セリスが諦めたように注文すると、ダニエルは嬉しそうに頷いた。やっぱり一人だけ飲まないとかちょっと気が引けるよな。うん、俺はいい命令を下した。

ほどなくして俺達のもとに飲み物がやって来る。それを手に取ると、正面に立つダニエルに目を向けた。

「野郎ども！　今日は嵐の中よく生きて帰ってきた！　それもこれも必死に俺達を守ってくれたセリス様と、化物じみた強さの指揮官さんがいたからだ!!　二人ともありがとう！」

「「「「ありがとうございます!!」」」」

おいおいなんか照れくせぇな。いいからさっさと始めろよ。久しぶりの酒を前にそろそろ我慢の限界なんだよ。そんな俺の思いとは裏腹にダニエルはジョッキを俺に向けてきた。

「俺はこの男を魔王軍の指揮官として認める!!　異論がある奴はいるか!?」

「いるわけねぇぜ!!」

「うおー!!　クロ指揮官万歳!!」

「セリス様!!　結婚してくれ!!」

おい三番目の奴、マジでよく考えた方がいい。見た目に騙《だま》されとったらあかんぞ？　今はなぜか大人しいが、こいつの正体はハリネズミもびっくりなニードルウーマン。こいつと一緒になったら身も心もボロボロになること請け合いだ。

「よーし!!　ならばいい!!　今日は指揮官さんが仕留めたリヴァイアサンのおかげで財布が大分潤っている!!　飯も酒もやり放題だ！　みんな気にせず飲んで食って騒いでくれ!!　俺達の生還とクロ指揮官の就任を祝って……乾杯っ!!」

「「「乾杯っ!!」」」

こうしてオーガ達との宴《うたげ》が始まった。さーて、今日は飲みまくるぞ!!

そう気合を入れて飲み始めたのが最初の俺。今の俺の気持ちはこうだ。

どうしてこうなった。

宴会が始まってすぐの頃はオーガ達が代わる代わる俺のところへやって来て、酒を飲み交わした。流石に海の男ということで全員が蟒蛇《うわばみ》だったけど、俺もレックスに付き合ってよく酒を飲んでいたから、そう簡単に潰れることなんてない。船には酔うがな！　うるせぇよ。

船酔いのせいもあってか船ではあまり会話ができなかったけど、こういう飲み会の席で実際に話してみてオーガ達の人となりがなんとなく理解できた。こいつらはとにかく豪胆で豪快。俺と乾杯した奴の中には樽《たる》ごと一気飲みした奴なんかもいた。そのままぶっ倒れるようなバカだったが、それでも俺はそういうノリは嫌いじゃない。俺はこの宴会を心の底から楽しんでいた。

最初のうちは。

今は誰一人として俺のテーブルに近づいてくる奴はいない。俺はこうなった原因である隣の奴に目を向ける。

「……っはー！　あれ？　もう空になってしまいましたね。すいませーん！　葡萄酒もう一本くださーい！」

セリスは真っ赤な顔で上機嫌に空の瓶を振りながら店員に追加を注文した。テーブルには同じような瓶が七、八本転がっている。少し離れたところでオーガ達が楽しく飲んでいるからそっちに行きたいんだけど……なぜかセリスは俺の左腕に自分の右腕を回してがっちりとホールドしていた。

「クロ様ー？　ちゃんと飲んでますかー？」

「あ、あぁ。飲んでるぞ？」

セリスがとろんとした目で俺の方を見てくる。こいつ……酒弱すぎだろ!?　いや、こん

なに飲んでも全然潰れないってことは強いのか⁉　もうわけわからん‼

オーガ達は遠巻きに生暖かい視線を俺達に向けていた。やめろ！　そんな目で俺達を見るんじゃねぇ！　つーか、アルカ！　いつの間にオーガ達と仲良くなってんだ！　そんな荒くれ野郎達なんかほっといてパパのことを助けてくれ‼

俺はオーガ達と楽しそうに話しているアルカに視線を送る。それに気がついたアルカが俺と目を合わせ、満面の笑みを浮かべながらサムズアップをしてきた。あら可愛い。いやちげぇぇぇよ‼

いや違くない！　アルカが可愛いのは間違いないんだけどそこじゃない！　俺はこの状況を打破して欲しいんだ‼

俺がアルカに必死に無言のＳＯＳを送っていると、セリスに組まれている左腕がミシミシと嫌な音を立て始めた。

「……クロ様？　今、店員の女の子に色目を使っていませんでした？」

痛いっ！　そして怖いっ！　セリスさんの目が完全に据わっていらっしゃる！

「ち、ちげぇよ！　俺はアルカが皆と仲良くやってるのを微笑《ほほえ》ましく見ていただけだよ！」

「あら、そうなんですね。アルカ相手に求婚していたのならしょうがないですね。でも、娘なんですから結婚なんかできませんよ？」

いやしてねぇよ!!　求婚っていうか救援要請だよ！　俺は助けてもらいたいんだよ！

セリスは新しくやって来た葡萄酒をグラスに注《つ》ぐと、そのままグラスを一気に傾ける。

わーお、飲み方が豪快ですねぇセリスさん。それならオーガ達と気が合うんじゃないでしょうか？　なんならそっちに行ってきても……。

「私はクロ様の側《そば》でお酒を飲みたいんです」

酔っぱらっててもエスパーは健在なんですね。俺はため息を吐《つ》きながら蜂蜜酒を飲み干す。うん、やっぱりこのお酒が一番美味《おい》しいな。もういっその事酒におぼれようかなぁ……別にこの店の蜂蜜酒を飲み干してしまっても構わないのだろう？

「おっ！　お二人さんやってんねぇ!!」

俺が現実逃避を始めたタイミングでダニエルが両手にジョッキを持ちながら俺のところにやって来た。ダニエル……俺は今心の底からお前を友だと思ったよ。

ダニエルは遠慮なしに俺の前に座った。セリスは若干顔を顰《しか》めたようだが、俺は大歓迎だ。

「いやーそれにしてもクロ指揮官の強さにはビビったわ！　リヴァイアサンっつーのは俺達船乗りの中じゃ一種の災害扱いでさぁ……倒せるなんて夢にも思っていなかったぞ？」

「当然です！　クロ様は最強の魔王軍指揮官なのです！　あんな海蛇如《ごと》きに後れを取りま

せん!! クロ様と渡り合えるのはルシフェル様だけです！」
セリスがグラスをテーブルに置きながら強い口調で言った。ダニエルは少し驚いている
ようであったが、腕を組みながら納得したように何度も頷く。
「魔王様と渡り合うなんて戯言《たわごと》、普通だったら笑い話だが、あれを見せられたら納得せざ
るを得ないな！」
「そうでしょう！　そうなんです!!」
俺が褒められたことでセリスの機嫌が一気によくなる。お前は俺のおかんか。
「それにしても……リヴァイアサンを倒すクロ様はかっこよかったです……」
セリスは葡萄酒の入ったグラスを両手で包み込みながら、熱に浮かされた人のようにポ
ーっと遠くを見つめた。
「『俺の可愛《かわい》くてかしこくて何でもできる大事な美人秘書を傷つけるんじゃねぇよ』なん
て……きゃっ！　今思い出すだけでもキュンキュンします」
言ってない。俺は断じてそんなこと言ってない。しかもキュンキュンってキャラ崩壊起
こしすぎです、セリスさん。
「いやーお熱いねぇ二人とも!!　本当にお似合いじゃねぇか!!」
「も、もういやですよ、ダニエルさん！」

セリスが照れながらダニエルの肩を軽く叩《たた》いた。一方の俺は完全な能面状態。既に悟りの境地に至っている。

「だが、クロ指揮官は見た目はぱっとしないが中身はなかなかにいい男だからなぁ……油断していると他の奴《やつ》にとられちまうかもしれねぇぞ？」

「っ⁉　そ、そんなのダメです‼」

ダニエルが意地の悪い笑みを浮かべながら告げると、セリスは慌てて俺の左腕に抱きついてきた。いや、それは流石《さすが》にまずい‼　セリスの豊満な胸がダイレクトに俺の腕に当たっていやがる‼

「クロ様の秘書は私だけですよね……？」

セリスが目を潤ませながら、上目づかいで訴えかけてくる。あれ？　こいつこんなに可愛かったっけ？　って、そうじゃねぇだろ‼　キャラ違いすぎだぞお前‼　頼む‼　いつもの辛辣なセリスに戻ってくれ‼

「セリス落ち着け！　とりあえずお前はもう酒飲むな！」

「話を逸《そ》らさないでください！」

セリスが更に身体《からだ》を押し付けてくる。流石サキュバス、欲情を掻《か》き立てるのがうますぎる。

「と、とにかく俺から離れろ！　む、胸が当たってんだよ!!」

「当たってるんじゃなくて、当ててるんです。……クロ様が望むなら触ってもいいんですよ？」

セリスが妖艶な笑みを浮かべた。胸を当ててる……？　触ってもいい……？　だめだ、マジで俺の思考回路がショートする。自分の頭からプスプス煙が吹き出しているのがわかるわ。

「うふふっ、クロ様顔赤いですよー？　やらしいですー」

めんどくせぇ！　こいつ至極めんどくせぇよ!!　おいダニエル！　さっきから面白そうに見てるだけじゃなくてこの酔っ払いを止めろ!!

「いやークロ様が羨ましいぜ！　こんな別嬪《べっぴん》な奥さんがいてよぉ！　俺のかみさんなんか古雑巾みたいな顔してやがるぜ？」

だから、奥さんじゃねぇよ！　セリスも「ぽっ……」とか言って顔赤らめてんじゃねぇよ！　お前の顔はもうお酒のせいでそれ以上赤くなる余地なんかないんだよ！

セリスは笑いながら俺の腕に顔をうずめる。

「クロ様は私だけのものです……他の誰にも渡しません……」

「それはダメなの！」

こ、この声はまさか……？　俺が向けた縋《すが》るような視線の先には、頬《ほお》を膨らませながら近づいてくるアルカの姿があった。

あぁ……アルカ……この場をどうにかできるのはお前だけだよ。これ以上セリスの醜態をさらさないよう来てくれたんだな！　お願いだ！　このダメダメセリスをいつもの出来る秘書に戻してやってくれ！

「パパはママだけのものじゃないの！　アルカも一緒なの！」

ちげぇぇぇだろ!!　そっちじゃねぇだろ!!　なにセリスに対抗心を燃やしてんだよ!!

「そうですね。クロ様は私とアルカのものです」

いや、俺の意志とかそういうのは考慮されない感じですかね？　あっ、関係ないですかそうですか。

アルカがピトッと俺の右腕にしがみつく。完全に身動きが取れなくなった俺。ダニエルが大笑いしながらテーブルから離れていった。あいつは本当にクソの役にも立たなかった。友だと思ったことは訂正させていただく。

結局俺は二人に両腕をがっちりガードされ続けたまま過ごすことを強いられた。途中でセリスが何か言っていた気がするが、心を無にした俺の耳には何の言葉も入ってこない。みんなが楽しそうにお酒を飲んでいる中、俺だけは早く宴会が終われ、とずっと心の中で祈っていた。

夕方から始まった宴会が終わったのは真夜中の一時頃であった。俺はダニエルと固い握手を交わし、背中にセリスを、前にアルカを抱きかかえてフィッシュタウンを後にする。

さて小屋に帰ってきたのだが……これからどうしよう。俺の腕の中ですやすや眠っているアルカに関してはベッドに運べばいいだろう。問題は背中に背負っている奴だ。

「うふふー……クロ様の背中ひろーい」

あれから俺の隣でお酒を飲み続けたセリスは完全に出来上がっていた。俺はため息を吐きつつアルカの部屋に入ると、起こさないように慎重にアルカをベッドに寝かせ、そのまま静かに部屋を出る。

とりあえず転移魔法でセリスを家まで送らねぇとだめだな。って、こいつが住んでる家なんて知らねぇぞ。多分セリスの治める街に住んでる所があると思うが。

「おいセリス」

「にゃんですかー？」

「お前、家どこだ？」

「何言ってるんですかー？　私の家はここですよー？」

あっだめだ。ポンコツすぎて使い物にならねぇ。

しばらく悩んだ俺だったが、セリスは俺のベッドに寝かせ、俺はリビングのソファで寝ることにする。

そうと決まれば、さっさとこいつを俺の部屋に運ばねぇとな。俺も色々ありすぎて結構疲れてんだ。さっさと眠りたい。

俺はそそくさと自分の部屋へと向かうと、ベッドの上にセリスを寝かせた。

「にゃふ……あれー？　クロ様のベッドじゃないですかー……一緒に寝ますー？」

「あほ。俺はソファで寝るから、お前はここで大人しく寝ろ」

俺が布団を身体にかけてやると、セリスは嬉《うれ》しそうにはにかみながら笑みを浮かべた。

「むふっ……クロ様、優しいです。お礼……さしあげますね？」

「えっ？」

これっぽちも警戒をしていなかった俺は、されるがまま首に手を回され、そして……。

――何の迷いもなくセリスが唇を重ねてくるのを、他人事《ひとごと》のようにぼーっと眺めることしかできなかった。

思考が完全に停止する。

そのままたっぷり三秒間口づけを交わすと、セリスは満足したようにベッドに身体を預け、目を瞑《つぶ》った。

「おやすみなさーい」

一瞬で寝息を立てるセリス。セリスに布団をかける体勢のまま固まる俺。自分でもよく覚えていないが、十分近くそのままだったと思う。

俺はフラフラとした足取りで自分の部屋を後にすると、そのままソファに倒れこんだ。思考回路が復調するのにはまだ時間がかかりそうだ。これ以上考えられない、いや考えてはいけない。俺もセリスも酔っぱらっていたから多分あれは夢だ、夢に違いない。

俺は思考を放棄し、夢の世界へと逃げ込んだ。

目を覚ますと、すぐに自分が寝ていたのがいつもの自分の部屋でないことに気がついた。セリスは痛む頭を押さえながら、ゆっくりと身体を起こす。

「ここは……クロ様の部屋ですね……ということは………」

そして、すべてを思い出しそのまま撃沈。リンゴよりも顔を赤くしながら、セリスは布団に顔をうずめた。

「はぁ……」

盛大にため息を吐《つ》くも、時既に遅し。やってしまった事実は変えることができない。

セリス自身、自分の弱点は把握していた。それは酒癖の悪さ。酒を飲むと、気持ちがおおらかになるというか、どうしても本能のままに行動したり、言葉にしてしまったりする。それで記憶がなくなっているのであれば、それほどまでダメージを受けることはないのだが、はっきり詳細まで覚えているから性質《たち》が悪い。

セリスはむくりと顔を上げ、昨日やらかしたことを一つ一つ整理していく。

「昨日は……クロ様に言われてお酒を飲んで……そして終始クロ様の腕にしがみついていました」

最初の段階でかなり恥ずかしいことをやってのけている自分に赤面する。昨日の自分はどれだけクロに密着していたことだろうか。

「そしてクロ様に色々言った気がしますね……『クロ様の秘書は私だけ』とか、『クロ様は私だけのもの』とか……」

思い出すだけで顔から火が出そうだった。自分は酔った勢いで何を口走っているのだ。頭がどうかしていたとしか思えない。

「そしてクロ様に背負われてこの小屋に帰ってきて……ベッドに連れて来てくれたクロ様

に私は……」

顔を引き寄せ、口づけをした。

「〜〜〜〜っ!!!」

セリスの顔のあたりで小爆発が起こる。おそらく自分の顔は、お酒を飲んだ昨日よりも真っ赤になっているはずだ。鏡を見なくてもわかる。羞恥に耐えきれなくなったセリスは再び布団に顔をうずめる。

あぁ……クロに合わせる顔がない。どんな顔をして会えばいいのかわからない。いっそこのままこの場から消え去ってしまいたい。

失意に暮れるセリスをクロの優しい香りが包みこむ。セリスは慈しむようにクロの布団をギュッと抱きしめた。この匂いを嗅いでいるだけで心が安らいでいくような気がする。

「……それに比べて私はお酒臭いですね」

セリスはベッドから起き上がると、恐る恐るといった感じでクロの部屋から顔を出した。きょろきょろとリビングを見回し、すぐに目当ての人を見つける。

そのまま部屋を出て、音を立てずにソファに近づき、膝をつきながら顔を覗《のぞ》き込む。寝苦しいのか、クロは顔を顰《しか》めながら眠っていた。

私なんかにベッドを譲るからです……本当に優しいお方。

あぁ、もうわかっていますよ。誰かに言われるまでもない。

私は目の前にいるこの冴《さ》えない人に、どうしようもないくらい惹《ひ》かれています。


ジッとクロの姿を眺める。縮こまって眠る姿も、寝癖で髪が跳ねてしまっているところも、何もかもがすべて愛《いと》おしい。

セリスはクロの頬を指でそっと撫《な》でると、ゆっくり立ち上がった。そして、微笑を浮かべながら、自分をこんな気持ちにさせたクロを恨んだ。

「……勝手に使うのは忍びないですが、お風呂を貸していただきましょう」

おそらくクロが起きたらギーの所に向かうと言うだろう。流石《さすが》にお酒の臭いをさせながら秘書としてついていくわけにはいかない。セリスは空間魔法から着替えとタオルを取り出すと、浴室へと向かった。


…………ん？　今誰かいたような気が…………。

俺はソファから顔を上げ、あたりを窺《うかが》う。うーん……誰もいないな。つーか、身体《からだ》の節々がいてぇ。やっぱソファで寝るのはよくねぇな。そもそもなんでソファで寝ているんだっけ？

………………あ。

俺は自分の部屋の扉に目を向ける。そうだった。酔っ払ったセリスを連れてきて、仕方なく俺はここで寝ることにしたんだった。そんでもって、俺は昨日あの部屋でセリスに……いや、これ以上はやめておこう。

うー……寝ている間にけっこう汗かいてんな。昨日は風呂に入らず寝ちまったし、身体がベタベタで気持ち悪すぎる。やっぱり面倒くさくてもシャワーは浴びないとダメだなぁ……とりあえず、今から浴びてくっか。

若干の気怠《けだる》さを感じつつソファから起き上がると、一直線に浴室へと向かう。そのまま、なんの躊躇《ちゅうちょ》もなしにその扉を開けた。

一瞬、視界が湯気によって奪われる。それと同時に俺の頭の中も湯気で覆われる。そして、次に俺の目に飛び込んできたのは、産まれたままの姿で自分の髪を拭いていた金髪の美女。お互い目が合うとその場で凍り付く。

シミ一つない白魚のような肌に無駄な肉が一切ない肢体。美しい金髪からは水が滴り落ち、どことなく色っぽさがにじみ出ていた。極めつけは上半身にある男を獣に変えてしまうような破壊力抜群の二つの凶器が……。

「っ⁉⁉⁉⁉⁉」

我を取り戻したセリスが顔を真っ赤にしながら、慌てて自分の身体をタオルで隠す。俺の頭は完全にパニック状態。なにをどうしたらいいのか悩んだ結果、俺はおもむろに頭を下げた。

「お、おはようございます」

「お、おはようございます」

……なにこれぇぇぇ⁉　なんで普通に挨拶しちゃってんの俺⁉　なんで普通に挨拶返しちゃってんのお前⁉

やべぇよやべぇよ……こんなん殺されたって文句は言えねぇ！　勢いで頭を下げちゃったけど、上げられねぇだろこれぇぇぇ‼

と、とにかく先手必勝！　平謝りで少しでもダメージを軽減するしかない。

「あの……‼」

「すいませんでしたぁぁぁぁ‼」

俺は頭を下げた状態からそのまま床に頭を押し付ける。これぞ完璧なＤＯＧＥＺＡの姿勢。自分の非礼を詫《わ》びる最強のスタイル。

「いや、こんなこと言っても言い訳だって思われるかもしれないけど、本当わざとじゃないんだ！　俺の家だったから完全に油断していて……」

「ク、クロ様!!　頭を上げてください!!」

セリスが焦ったような声を上げる。……あれ？　怒ってないの？

俺はおずおずと立ち上がると、セリスに向き直った。

「も、元はといえば私が勝手に浴室をお借りしたのが悪いんです……申し訳ありませんでした」

セリスが胸元を覆ったタオルを押さえつけながら謝る。あーうん、とりあえず服着ようか？

「それに昨日もクロ様に多大な迷惑を……秘書としてお恥ずかしい限りです」

昨日っていうのは酒場の事？　それとも俺の部屋での事？　……どっちにしろ気まずいわ！

「いやー……昨日は俺もたらふく飲んでたからさー全然覚えてないんだよなぁー」

棒読み！　棒読みすぎるよクロムウェル!!　それでも覚えてないことにしねぇと、今後のこいつとの関係に支障をきたしまくるだろ！

セリスは少し驚いた顔をすると、曖昧な笑みを浮かべた。

「そ、そうなんですか？ じ、実は私もよく覚えていないんです」

「そ、そうなんだー？ な、なーんだ俺達似た者同士だねー！」

だねー！ じゃねぇよ！ 誰だお前!? テンパりすぎてキャラブレまくりじゃねぇかよ!! セリスも俺にあわせて笑ってくれてるけど、普通だったら白い目向けられてるからね？ ……まぁこいつも大分テンパってるってことだな。

「と、とりあえず着替えたら？ か、風邪ひいてもあれだし……」

「そ、そうですね！ じゃあ失礼して着替えを……」

バーン！

ギクシャクしたやり取りをしていたら、突然小屋の扉が勢いよく開けられる。俺とセリスが同時に目を向けると、そこには太陽のように明るい笑顔を浮かべた城の女中のマキの姿があった。

「おはようございまーす!! 今日は珍しくセリス様が城に来られなかったんで、みんなのアイドル、マキちゃんが指揮官様に朝食を……」

自称アイドルの目が俺達を捉える。一人はいつもの黒いコートを着ているが、もう一人は裸にタオル一枚といった大胆不敵な恰好《かっこう》。

マキは超高速で目を左右に泳がせると、何も言わずにそのまま小屋の扉を閉めた。

「あー……ちょっとやることができたからセリスはさっさと着替えろ」

「……そうさせていただきますね」

俺の言葉にセリスが素直に頷《うなず》く。俺は浴室の扉をしっかり閉めると、小屋の外でパニくっているであろうマキの所へと急いだ。

なんとかマキからご飯を受け取り（最後の最後まで状況を説明するように迫ってきたが）、いつものように三人で朝食をとった。

アルカは初めての夜更かしだったんだろうな。いつもは俺より早く起きてくるのに、今日は俺が起こしに行くまで眠っていたよ。食事の時も焦点の合わない目でぼーっとしながら、流れ作業のように手を動かし口に食べ物を運んでいた。まったく、何をしてもアルカは愛らしいぜ。

そんなアルカを小屋に残し、俺はセリスと二人でギーの屋敷に向かう。

なんというか、微妙に距離を感じるなぁ……。俺はちらりとセリスに視線を向ける。確かに普段から俺の斜め後ろを歩いているセリスだったが、今日はあからさまに離れていた。

まぁ……昨日の事を考えれば当然か。

いやいや、ダメだ。昨日の事はすっぱり忘れるって決めただろうが。俺もセリスも事実はどうあれ、昨日の事は忘れたと言い張ったんだからそれを貫くしかない。……だが昨日のセリスの唇の感触は……。

「おはようございます」

うおっ！　超ビビった！　いきなり声かけてくるんじゃねぇよ！

俺はニコニコ顔で頭を下げるギーの屋敷の門番に目を向けた。いつもは不愛想に屋敷を案内するだけのこいつが、どういう風の吹き回しだ？

「お待ちしておりました。ギー様が部屋でお二人が来るのを待っておられます」

「あ、あぁ……」

なんか対応が今までと全然違う。あからさまな警戒心はなくなり、むしろ俺達を歓迎するような雰囲気すら醸し出してんな。……敵対されるよりはいいんだけどさ、その変化には戸惑っちまうって。

「申し遅れましたが、私はギー様の護衛を務めております、トロールのフィンと申します」

門番の男が俺達の前を歩きながら丁寧に名乗りを上げる。まじでどういう事なんだ？

俺なんかこの門番にしたっけ？

「私の対応に疑問を持たれているご様子ですね」

フィンが全く腑《ふ》に落ちていない俺の顔を見ながら楽しげな口調で言った。

「……まぁな。以前とはまるで違うし」

「そうですね……その辺りはギー様にお会いすればわかると思います」

そう言ってギーの部屋の扉の前まで俺達を案内すると、丁寧に一礼をしてフィンは去っていった。ギーに会えばわかるって言ってたな……どういう事だ？　一応セリスに顔を向けてみるも首を傾《かし》げるだけだった。どうやらセリスにも心当たりはないようだ。

まぁ、考えていてもしょうがない、とにかくギーに会ってみるか。俺はノックもなしに部屋の扉を開け、中へと入る。

そこには驚きの光景……など当然なく、いつも通りギーが椅子に座って書類とにらめっこしていた。

「ん？　来たな？」

ギーはニヤリと笑うと書類を机に放り投げる。その顔やめとけ。トロールのお前がやると悪巧みしているようにしか見えねぇから。

「ダニエルから話は聞いた。随分派手にやってくれたようだな」

「派手にやったっていうか派手に酔った」

特に昨日は酷《ひど》かった。完全に平衡感覚がごちゃごちゃになって、どっちが上でどっちが下かわからなくなってたぐらいだからな。それを聞いたギーがおかしそうに笑う。

「らしいな。その状態でリヴァイアサンを倒すとは……魔王軍指揮官の名は伊達《だて》じゃないって事だな」

「……煽《おだ》ててもなんもでねぇぞ？」

「そうなのか？　少しは俺の給料を上げて欲しいもんだけどな」

ギーが軽い口調で言いながら肩を竦《すく》めた。なんだろう、なんかこいつも前と違う。今まではほとんどこっちを見ることなく仕事の話だけをしてきたっていうのに、今は友人と話すような気安さを感じる。

まぁいい、俺はそんな世間話をしに来たんじゃねぇんだ。目的は一つ。ゴブリンの拉致監禁。だが、その前に一つ確認しておくことがある。

「一応これで三つのエリアを回ったが……まさかここも視察しろとは言わないよな？」

「ベッドタウンは俺がまとめている街だ。自分《てめえ》のけつは自分《てめえ》で拭くよ」

よし、言質《げんち》はとった。これ以上厄介ごとを押し付けられてたまるかよ、まじで。

「それならこの街の視察は終わりって事でいいな？」

「そうだな。本当に助かったよ、ありがとう」

バカめ。俺が欲しいのは感謝の言葉なんかじゃない。経験豊富な労働力《コック》だ。

「なら話は早い。早速だが交渉を……」

「あーそういうのはいい」

俺の言葉をギーが手で制する。はっ？　こいつなに遮ってんだよ。こちとらこれが本題だっつーの。

「いやだから交渉をだな……!!」

「そういうのは必要無いんだよ」

こいつ……俺にあれだけ働かせといてこっちの話は聞く耳持たないってか？　ざっけんじゃねぇ！　そんな勝手がまかり通ると思うなよ！

「おい！　ちょっと待てよこら！　お前の要求は大人しく全部飲んでんだ！　なら、お前だって俺にゴブリンの引き抜きの権利ぐらいくれてもいいだろうが!!」

「あぁ、仕事に差し支えない程度であれば、引き抜いてくれて構わないぞ」

「俺がなんのためにこの街で頑張って………えっ？」

あれ？　今こいつなんて言った？

「なにアホ面浮かべてんだ。俺は引き抜いてもいいって言ってんだよ」

ギーがさも当然とばかりに俺に告げる。えっ、どういう事？　もしかして最初から引き抜きぐらいオッケーだった感じ？

俺の表情から考えを読み取ったのか、ギーはやれやれといった感じで首を左右に振った。

「勘違いするなよ。お前が来たばっかの時に同じ要求をしていたら、俺はつっぱねてたよ」

「えっ？　あー……まぁ、そうだよな」

やっぱそうだよな。元々人手不足が問題になっているくらいだし。労働力をこの街から引き抜いていくのはギーにとって面白い話ではないな。ギーはゆっくりと前のめりになりながら俺を見つめる。

「俺はなぁ、指揮官。他の種族なんてどうでもいいんだよ。それこそ魔族だろうが人間だろうがさして興味もない」

うん、初めて会った時からそんな感じはした。幹部会でお前だけは俺に興味なさそうだったもんな。

「だが、俺の種族は別だ。こいつらは俺を頼ってこの街で生きている。だから、そいつらを蔑《ないがし》ろにするわけにはいかない。俺達は仲間だからな」

要は身内以外はどうでもいいってことだな。言いたいことはわかる。どっちかっていうと俺もそういう性質《たち》だしな。

「なるほどな……だが、それとこれとなんの関係があるんだ？」

「なーに、簡単なことだ。そんな仲間に慕われているお前さんは俺も仲間と認めざるを得ないってことだ」

……そういうことかよ。

だから、こいつは色んなところに俺を行かせたのか。自分の仲間が俺の事をどう思うかを確認するために……ちっ、回りくどい真似《まね》しやがって。

ギーが立ち上がりスッと手を前に出してきた。

「つーわけで俺はクロ指揮官を認める。これからよろしく頼むわ」

俺はギーの出した手を何も言わずに仏頂面で見つめる。

「なんだ？　握手はお嫌いか？」

「……俺達は仲間なんだろ？　ならクロ指揮官じゃなくてクロだ」

ギーは一瞬呆気《あっけ》にとられたような表情を浮かべたが、すぐに楽しそうに笑い始めた。

「なるほどな。俺の部下達が気に入るわけだ。それならそれでよろしくな、クロ」

「あぁ。こちらこそよろしく、ギー」

俺は満ち足りた顔でギーの手を握り返す。こいつはなかなかに頭が回りそうだからな。仲良くしておくに越したことはないはずだ。あんまり敵に回したくないっていう本音は心の中にしまっておく。

「ってなわけで早速クロに聞きたいんだが、ゴブリンを引き抜きたい理由はなんだ？」

ギーが俺を見ながら問いかける。探りを入れるというよりも純粋な興味で聞いているようだ。ふむ、当然の疑問だよな。まぁ、こいつには別に話してもいい気がするけど……。

俺は後ろに立つセリスに視線を送る。

「セリス、ここからは機密事項だ。お前には席を外してもらいたい。部屋の外に行っててくれ」

「………わかりました」

少し不満そうではあったが、俺の真剣な表情を見たセリスは素直に部屋から出て行った。

よし、これで心置きなく話すことができる。

「なんだ？　大事な秘書さんにも聞かせらんねぇとは、ゴブリンを集めて魔王様の首でもとんのか？」

ギーがからかうような口調で聞いてくる。あほが。ゴブリンを集めたぐらいであの化物に太刀打ちできるわけねぇだろ。

「そんなくだらねぇことしねぇよ」

「くだらないって……お前一応人間だろ？」

あぁ、そうだよ？　紛《まが》うことなき人間様だよ？　だからなんだよ。若干呆《あき》れ顔のギーに俺は不敵な笑みを浮かべた。

「俺はなぁ……兄弟が治めるアイアンブラッドに酒場が欲しいんだよ！　そこで俺は義兄

弟の盃《さかずき》を交わすんだ！　ゴブリンはそこで働くコック！」

「…………はっ？」

目が点になるっていうのはこういうことを言うんだろうな。俺はギーの顔を見ながらしみじみそう思った。

「……アイアンブラッドって事はボーウィッドの奴《やつ》か。新参者の指揮官とあの無口なデュラハンが親しいとは噂《うわさ》で聞いていたが……」

「そういう事だ。ゴブ太《た》の飯はマジで美味《うま》かったからな。俺はあいつを連れてって、俺行きつけの酒場の店主にすんだよ」

転移魔法があるからすぐにアイアンブラッドに行けるしな。あいつが店長なら俺も気兼ねなく店で暴れられるってもんだ。

「……この話をするためにセリスを部屋の外へと追いやった理由は？」

ん？　あーそれか。

「いやーあいつ堅苦しいとこあるからさー……俺がそんな目的でここに来たって知ったら絶対目くじらたてるぜ？　ぐちぐち言われて叱られるから、あいつには聞かせらんない」

魔王軍の指揮官ともあろう人が、とか始まるからなー。まじで面倒くせぇよ。……あと怒らせると怖いからな、セリスは。

俺の話を聞いたギーは笑いをこらえるかのように自分の手を口元に持っていく。

「なるほどな。そんなおもしれぇ理由なら最初から言えば、喜んでゴブリンを差し出してやったのに」

「まじかよ！　なら最初から言えばよかったぜ！」

俺は頭を抱えて後悔する。まーでもあいつらと過ごした日々もそう悪くなかったから別にいいか。……船はもう勘弁だけど。

「その酒場が出来たら俺も行っていいんだろうな？」

「ん？　あぁ、別にいいけど……お前転移魔法使えんの？」

「魔法陣は得意じゃねぇけど、移動に便利だからそれだけは練習した。アイアンブラッドには行ったことあるし、問題ないだろ」

じゃあいっか。こいつが行きたいっていう度に俺が迎えに行かなきゃならんかったら嫌だったけど、自分で来られるなら拒む理由はないな。それに俺はこいつのこと嫌いじゃないから、きっとボーウィッドともウマが合うだろ。

「それにしても……完全に秘書様に尻に敷かれてんじゃねぇか」

「バカ言え。立場は俺の方が断然上だ」

「その割にはこういう悪巧みは聞かせらんねぇんだろ？」

「そりゃあれだ……セリスはオカンみたいだからこういう時はいない方がいいんだよ！　本当にあいつは口うるさくていけねぇよなー……口を開けば棘《とげ》ばっかりでさ！　可愛《かわい》げがないっつーか……魔王軍指揮官である俺様が面倒見てやってるっていうのによ！」

黙ってれば目を見張るような美人なんだけどな！　それを言うのは恥ずかしいからなしだ！

俺の話をニコニコ笑いながら聞いていたギーが、急に底意地の悪そうな笑みを浮かべる。

「……と、こう申しておりますが？」

「…………大変遺憾に思いますね。誰に聞いても頼りない指揮官を支えているのは私だと答えると思いますが？」

カチーン。

クロムウェルはその場に凍り付いた。身動き一つ取ることができない。残念、俺の冒険はここで終わってしまったようだ。

ギーはニヤニヤといやらしい笑みを浮かべながら俺の後ろに目を向けている。俺も壊れた人形のようにギギギッと音を立てながら振り返った。

「クロ様の命令通り、私は部屋の外で待機しておりますよ」

そこには完璧と言わざるを得ない笑みを浮かべたセリスが立っていた。その…………扉の外に。

「確かに、クロは部屋から出て行け、とは言ったが扉を閉めろ、とは言っていなかったな」

「あと話は聞くなとも言われていませんので」

そうだねー言ってないねー。でも、美人で優秀な秘書であるセリスさんなら、そこらへんはなんとなく察してくれると思ったんだけどなー。

俺は身体中《からだじゅう》から嫌な汗が流れているのを感じる。というか黒コートの中はもうびしゃびしゃだった。

「とりあえずデリシアの街での視察ご苦労様でした。先ほどの件についてはまた後ほど話し合いましょう……じっくりと」

あれー？　セリスさん完全に前の冷徹秘書に戻ってるよなー。ここに来る前のお淑《しと》やかなセリスさんの方が俺は良かったかもしれないなー。

「かっかっかっ！　お前さん達は本当に良いコンビだな！」

ギーが快活な笑い声をあげる。てめぇ！　他人事《ひとごと》だと思いやがって！　つーか、絶対嵌《は》めただろ!!　違うんだセリス!!　俺は誘導尋問されただけなんだ!!　このパンツ一丁の緑の変態に言わされただけなんだぁぁぁぁぁぁぁ!!

心の中でそう叫びながら俺が恨めしげに視線をやるとギーは笑いながら、羽虫を追い払うかのようにシッシッと手を振った。

「さぁ、俺は仕事があるんだ。そっちの揉《も》め事は他所《よそ》でやってくれ。……あぁ、クロ。酒場が出来たら報告してくれよな」

「お、おまっ……!!」

「そうですね。ギーも忙しいみたいだからさっさと帰りますよ。それでは失礼致します」

セリスはギーに頭を下げると俺の腕を掴《つか》んでさっさと部屋から出て行った。って、痛い痛い！　腕に爪が思っくそ食い込んでるから！　血が出ちゃうから！　つーか、出てるから！

そこから先の事はあまり思い出したくない。今日はもう仕事は終わり、と二人で小屋に戻り、一日中指揮官としてのあり方について幻惑魔法による処刑。昨日の一件が俺の頭から消し飛ぶくらいに。

この日、俺はもう二度とセリスに内緒で悪巧みをしないことを心に誓った。

ベジタブルタウンよ、俺は帰ってきた！

いやー、二週間ぶりくらいかな？　久しぶりに来たけどやっぱりここには畑と田んぼしかねぇわ、うん。

ところで……。

「あのー……セリスさん？　今日は勧誘に来ただけなので別について来なくても……」

「私が目を離すと、またバカなことをやり始めそうなので」

そうですか。信用無いですか。信用無いですよね。でも、昨日のことを思い出したら馬鹿なことを考える気力もありません。

とりあえず身体の自由を奪って、ゴブリン達にくすぐられ続ける幻だけはもう勘弁願います。

気を取り直して目当ての奴らを探しに行く。途中にあった畑ではゴブリンが魔法陣を駆使して畑に水やりをしていた。うんうん、ちゃんと魔法陣が普及しているな。つーか、心なしか働いているゴブリン達が少ないような気がするが？

「あっ！　クロ吉《きち》でやんす！　あとセリス様も！」

そんなことを考えているると、ガリとデブコンビのゴブリンがこちらに向かって駆け寄ってくるのが見えた。セリスが微笑《ほほえ》みながら挨拶すると、二人とも顔を真っ赤にさせて俯《うつむ》く。

「おう、ゴブ郎《ろう》にゴブ衛門《えもん》じゃねぇか。元気にしてたか？」

俺が声をかけると、二人とも顔を見合わせて微妙な表情を浮かべた。ん？　なんだ？

なんかまた問題が発生しているのか？

「元気にはしているでやんすが」

「ものすごく暇なんだなぁー」

ゴブ衛門が持っていたキュウリをかじりながら言う。こいつはいつもなんか食ってんな。

「暇なのはいいことじゃねぇか。いっつもサボってただろ？　お前ら」

「仕事があるのをサボるから楽しいでやんす！」

「そうだよー。最近はぼーっとしててもゴブ太監督はなんも言ってこないし、張り合いがないんだなー」

あーわかるわかる。やらなきゃいけないことがあるのに、それをやらないでサボんのがいいんだよね。それで顔を真っ赤にさせて怒りながらやってくるゴブ太をからかって遊ぶのが常だったし。久しぶりに背中になんか入れてやるか。……っと、今日はそんなことをやりに来たんじゃなかった。

「じゃあ話は早いな。お前らを指揮官権限で引き抜かせてもらうわ」

「ん？　前に言っていた話でやんすか？」

「そういえばそんな話してたねー。領主様の許可はもらったの？」

「あぁ。ギーからは人手不足にならない範囲でゴブリンを連れて行ってもいいって言われてる」

俺の言葉に二人とも少し驚いた顔でセリスの方を見た。おい、なんでそっちを見るんだよ。

「本当の話ですよゴブ郎さん、ゴブ衛門さん。ですが、無理やりに連れていくということではありませんから、お二人が嫌ならば断っていただいてもいいんですよ？」

「ほへー……流石《さすが》クロ吉でやんす」

「領主様に認められるなんて、クロ吉はやっぱりすごいんだなー」

二人が感心したように頷《うなず》いた。なんで俺の言葉は疑ったくせにセリスの言葉だとそんなすんなり受け入れてんだよ。俺とセリスどっちが信用できると思ってんだ。セリスに決まってんだろ。くそが。

「それで？　返事はどうする？」

「あっ、拙者は別にいいでやんすよ」

「僕もーここにいても暇だしねー」

よし、労働力確保。ここまで即答だとは思っていなかったから若干戸惑ったけど。セリスも同じように面食らっており、おずおずと二人に尋ねかけた。

「あの……私が言うのもなんですけどお二人ともいいんですか？　何をやらされるかとか全然聞いていませんけど……？」

二人は顔を見合わせ、俺の顔を一瞥《いちべつ》するとセリスに向き直る。

「「なんかついていった方が面白そうでやんす（だからねー）」」

うん、やっぱりこいつらはこうでなくっちゃな。セリスの顔が少し引き攣《つ》っているが、そんなの俺には関係ナッシング。後は……。

俺は木の陰からこちらの様子を窺《うかが》っているゴブリンに目を向ける。

「おい。さっきから隠れているつもりだろうけどバレバレだから」

俺の声にビクッと身体を震わせると、ゴブ太はゆっくりと姿を現し、こっちに歩いてきた。

「あ……これは魔王軍指揮官のクロ様とセリス様……本日はお日柄もよく……」

俺達の側《そば》に来るや否や、愛想笑い全開でもみ手までし始めやがったぞこいつ。こんなキャラだっけ？　あぁ、立場が上の奴《やつ》にはこんなキャラだったわ。

「このような汚らしい場所に高貴なお二方が一体なに用で」

「きもい」

「ふぎゃっ!?」

俺は顔を顰《しか》めながらゴブ太の脳天を手刀でカチ割る。そのリアルに上司に媚《こ》びへつらう感じやめろ。

「な、なにすんだよクロ吉!!」

頭をさすりながら涙目で睨《にら》みつけてくるゴブ太であったが、ハッとした表情を浮かべるとまたすぐにあの愛想笑いが始まる。

「なにをするでありんすかクロ指揮官様。恐悦至極不愉快極まりありますですよ？」

いや、ちゃんとした言葉で喋《しゃべ》れ。マジで意味わからん。とりあえずこいつの茶番に付き合っていたら日が暮れちまう。さっさと用件話すべや。

「今日はお前を引き抜きに来た。えーと……ルルルール・ルールルだっけか？」

「オルルディルオールメルランディルだ！　当てる気ないだろ！」

「おう、そうだそうだ。そういうわけでゴブ太、よろしくな？」

「結局ゴブ太!?」

相変わらずのキレのあるツッコミ。こいつがいると俺がツッコまなくていいから助かるわ。

「と、とりあえずオイラ達を連れて行って何をさせるのかだけ教え……てください」

とってつけたような敬語に俺はピクッと眉を動かした。お前にそういうの求めてないから。

「ゴブ太、指揮官命令だ。前と同じような口調で話せ」

「え……でも……」

「俺がいいって言ってんだよ。それとも何か？　魔王軍指揮官の命令が聞けないとでも？」

「う……わかったよ。クロ吉がそう言うんなら」

ゴブ太はばつが悪そうに顔を背ける。やっぱりギーの選択は正しかったんだな。最初から指揮官って事を知ってたらこいつの面白い部分には気がつけなかっただろう。

「まぁ、目的もわからずついてくるやつはただのバカだからな。ちゃんと説明してやろう」

「なんか拙者達がバカにされている気がするでやんす」

「心外なんだなー」

「はん！　オイラはお前達みたいなバカとは違うんだよ！」

「そうだな。ゴブ太はバカじゃない。キング・オブ・バカだ」

「誰がバカの王様だ⁉」

「貴様のバカさ加減は他の追随を許さない……誇りに思うんだな」

「褒めてないからね⁉　それ⁉」

「クロ様……話が進みませんので」

俺がゴブ太をからかって遊んでいると、セリスが冷たい視線を向けてくる。なんだよ、これから面白くな……うん、そうだね。早く話をしよう。だからセリスさん、魔法陣を描こうとするのはやめてください。

「簡単に言うと、お前らにはアイアンブラッドに行って酒場を経営してもらいたい」

「アイアンブラッド？」

「酒場？」

三人が首を傾《かし》げる。本当にこいつらはバカだな、今の説明でわかるだろが。むしろ何がわからないのか俺が聞きたいわ。

「……アイアンブラッドってあのデュラハン達がいる街でやんすよね？」

「ん？　そうだが？」

少し考え込んでいたゴブ郎が神妙な顔で尋ねてきたので、俺が普通に返事をする。なのに三人とも何とも言えない表情を浮かべた。

「……デュラハンって他の種族と関わろうとしない人達だよねぇー」

「オイラも何度か野菜を運んだことあるけど、一度も話しかけられたことないぞ？」

「そんなところで酒場なんてやっていけるでやんすか？」

あっそっか。こいつらはデュラハンが変わってきていることを知らないのか。三バカの懸念も頷けるってもんだ。

しっかし、なんて説明したらいいかなぁー……改革の話をしたところであれだし……デュラハン達がいい奴らだって説明しようにも、実際に関わってみなきゃあいつらの魅力ってわからないんだよなぁ……あーなんか面倒くさくなってきた。

「まぁ、なんとかなるだろ。いけるいける」

「クロ吉がそう言うなら問題ないでやんすね」

「アイアンブラッドかー美味《おい》しいものあるかなー？」

「えっ、納得なの？」

二人の順応性の高さにゴブ太が目を丸くする。まったくゴブ太の奴は……この二人を見習えっての。俺は屈託のない笑みを浮かべると、ゴブ太に向き直った。

「ゴブ太君……ゴタゴタ言ってないでさっさとハイって言えばいいんだよ。脳みそ米粒の《僕は君達に労働に勤しむ尊さを、そして、デュラハン達の素晴らしさを》くせに悩んでんなバカ《伝えたいだけなんだ》。」

「心の声ぇ……」

ゴブ太がシュンとしたように肩を落とす。よしよし、何とか俺の熱意は伝わったようだな。これでやっとアイアンブラッドに行け……って、なんだよ、ゴブ太。まだなんかあんのかよ？

「やっぱりオイラは行けない！」

「なんででやんすか？　お店を持つのはゴブ太監督の夢じゃないでやんすか」

「そうだよー、その夢が叶《かな》うんだよー？」

ほー……ゴブ太の奴そんな夢があったのか。それなら二つ返事でついてきてもいいもんなのに。だが、ゴブ太はキッとこちらに強い視線を向けてきた。

「店を持つのは確かにオイラの夢だ！　だから、この話だって正直嬉《うれ》しいって思ってる！　でも、オイラはここの監督役なんだ！　ここで働いているゴブリン達を置いては行けない！」

なんかいきなり真面目な話。お前ら三バカが出るときはシリアスな感じにしたくねぇんだよ。さっさと説得してアイアンブラッドに拉致監禁《連れていくことに》するか。

「おーい！　ゴブリンどもー!!」

俺が大声を上げると俺に気がついたゴブリン達がこちらに集まってきた。

「あークロ吉指揮官様だー！」

「久しぶりですー！」

「クロ吉ってえらいやつだったんだなー」

「セセセセセリス様もごごご機嫌麗しゅう!!」

おー結構慕われてんのな俺。そして、セリスと扱い違いすぎんだろ。それも慣れてきちゃった自分が悲しい。

「えーと、みんなに集まってもらったのは他でもない。今日俺はあのアイアンブラッドに酒場を作るためにここにいる三人を勧誘しに来たんだ」

おーっと歓声が上がる。なんとなく誇らしげな三バカ。いやゴブ太、お前は残るって言ってただろうが。

「だが、ここにいるゴブ太はここの監督としてベジタブルタウンを離れるわけにはいかないと言っているんだ」

ゴブリン達の中でどよめきが起こる。それが自分を名残惜しんでのことだと思ったゴブ太は思わず俯《うつむ》いてしまった。

「俺も非常に残念に思っている。だが、ゴブ太がそう言っているのであれば、俺も無理強いすることはできない」

俺がチラリと目を向けるとゴブ太が肩を震わせている。自分の夢に手が届きそうなのに、その機会を失うのが悔しいのだろうか？　俺はフッと笑うと集まっているゴブリン達に顔を向けた。

「みんなも知っている通りゴブ太は自分の店を持つのが夢である。そんな夢をかなぐり捨てても監督という立場をとったゴブ太の覚悟に感銘を受けた者は、ここに残ってゴブ太を励ましてやって欲しい」

俺は少しの間様子を見る。そして、歯を食いしばりながら下を向いているゴブ太に優しく声をかけた。

「ゴブ太……顔を上げて何か言ってやれよ」

「くっ……みんな……オイラは…………って、誰もいないんかーい!!」

意を決して顔を上げたゴブ太の前には人っ子一人いなかった。みんなさっさと自分の持ち場に戻り、仕事を再開させている。本当にゴブリンってやつらは空気が読めるから最高だぜ！

「もう知らん！　おいクロ吉！　オイラもアイアンブラッドに行くぞ!!　連れていけ!!」

「最初からそう言えばいいのによ」

ぷんすか怒りながら歩いていくゴブ太を見ながら、俺は畑仕事に戻ったゴブリン達に目をやった。誰もが俺の方に顔を向け口パクで同じことを言っている。

監督の事よろしくお願いします！

まったく……結構な慕われっぷりじゃねぇか。俺は手を上げてそれに応えながら、三バカを連れてアイアンブラッドへと転移した。


やって来ました鉄の街。デリシアに視察に行ってから足を運んでないから随分と懐かしい気がするぞ。

俺はセリスと三バカを連れて街を歩いていく。ここへ来たことがないゴブ郎とゴブ衛門は興味深げにあっちこっち見回していたが、ゴブ太だけは街の変わりように目を丸くしていた。

「アイアンブラッドの街で話し声を聞く日が来るとは……」

ふっふっふー。驚け驚け。久しぶりに来た俺ですら驚いてんだから。

俺達は様変わりした街を見学しつつ、一番奥にあるボーウィッドの自宅兼工場まで足を運び、チャイムを鳴らす。ほどなくしてボーウィッドの奥さんである黄色い鎧《よろい》のデュラハン、アニーさんが玄関から顔を出した。

「アニーさん、お久しぶりです」

「アニーさん、こんにちは」

「まぁ……指揮官様……！　……お久しぶりです……セリスさんは先日いらして以来ですね……」

アニーさんが礼儀正しく頭を下げる。つーかセリス、お前いつの間にここに顔を出していたんだ？　……あー、俺が休暇を言い渡した時か。

「……それで……こちらのゴブリンの方々は？」

「は、初めまして！　オイラはオルル……」

「こいつはゴブ太。そんでそっちのやせ細ってるのがゴブ郎で、こっちの太っちょがゴブ衛門です」

「よろしくでやんす」

「よろしくー」

「……こちらこそよろしくお願いします……今日は主人に用ですか？」

ゴブ太がジト目を向けてきているが無視。アニーさんがこちらに目を向けてきたので俺は頷《うなず》いて答える。

「でも、兄弟は仕事中かな？　都合が悪ければまた日を改めて……」

「……クロ様が来たらいつでも工場に通せと言われていますので……案内いたしますね

……どうぞ……」

俺達は招かれるままに玄関をくぐった。アニーさんと会話している間、ゴブ太がずっと「デュラハンと会話……ありえない……」とか呟《つぶや》いていたけど、さっさと慣れてくれないと店に支障をきたすんだよなぁ……ゴブ郎とゴブ衛門の方は問題なさそうだな。

「……そういえばセリスさん……この前の料理は作りましたか……？」

「せっかくアニーさんに教えてもらったのですが、なかなか上手《うま》くいかなくて……やっぱり火加減が難しいです」

「……そこは慣れですね……でも、セリスさんは料理が上手ですから……すぐに美味しくできるはずですよ……」

……いつの間にかアニーさんとセリスが仲良くなっているんですが。蚊帳の外感が半端ないんですが。やはりセリスみたいにコミュ力が高いやつは、すぐに誰とでも仲良くなるんだな。ちなみにコミュ力って言葉、私大嫌いです。

工場にやってきた俺達は、早速お目当ての白銀の鎧を見つけ声をかける。

「おーい！　ボーウィッド!!」

俺が大きく手を振ると、気がついたボーウィッドが手を上げて応えこちらに近づいてきた。

「久しいな……兄弟……」

「本当だぜ、兄弟」

俺はボーウィッドと軽く拳を突き合わせる。そして、俺の少し後ろにいるゴブリン達にボーウィッドは視線を向けた。

「……彼らが？」

「あぁ。酒場のコックだ」

「……本当に連れてくるとはな……ということはギーに認められたということか……？」

「まぁな。少し時間はかかっちまったけどな。あいつも酒場ができたら来たいって言ってたから別にいいって言っちゃったんだけど問題なかったか？」

「流石《さすが》は俺の兄弟だな……全然かまわない……俺もギーのことは気に入っている……」

やっぱりな。あいつはコミュ障だからってバカにしたり憐《あわ》れんだりしないようなやつだ。そもそも他の種族に興味がない。そういうやつはコミュ障から結構気に入られる。

俺が三バカに目を向けると三人とも静かに前に出てきた。

「は、はじめまして。オイラはオルル……ゴブ太です」

「せ、拙者はゴブ郎でやんす。よろしくお願いします」

「ゴブ衛門ですー」

流石に幹部ということもあって三人とも緊張しているみたいだな。ゴブ衛門はそうでもなさそうだけど。ボーウィッドは三人に顔を向けながら静かに頷いた。

「俺はボーウィッド……この街の長《おさ》であり……クロ指揮官の兄弟だ……よろしく頼む……」

ボーウィッドが手を伸ばすと、三バカは戸惑ったように顔を見合わせた。

「……俺は魔王軍の幹部ではあるが、気にすることはない……兄弟と同じように接してくれて構わない……どうせ兄弟の事だから堅苦しい関係ではないのだろう……？」

「なんだそうでやんすか。ボーさんよろしくでやんす」

「よろしくねーボーさん」

「慣れんのはやっ⁉　お前らそれでいいのか⁉」

完全に緊張感がなくなったゴブ郎とゴブ衛門が気安くボーウィッドと握手をする。それを見たゴブ太が焦ったような声を上げた。……今回はゴブ太に一票。お前ら距離詰めんの早すぎ。ボーさんって誰だよ。

「……ゴブ太もよろしくな……」

「あっ……よろしくおねが……よろしく」

ゴブ太が照れながらボーウィッドの手を握る。よし、挨拶はこんなもんでいいだろう。

「さて兄弟！　早速だが」

「……あぁ、それはいいんだが……」

ボーウィッドが後ろでアニーさんと話し込んでいるセリスに目を向けた。

「……やっぱりばれたんだな……大丈夫だったか……？」

「……その話はやめてくれ、兄弟……」

その言葉だけで全てを察した兄弟。俺の肩にそっと手をのせると、それ以上は何も聞いてこなかった。

「……兄弟なら絶対に料理人を連れてくると思って……ちゃんと空き家を一つ用意しておいた……」

「まじかっ⁉」

「あぁ……だが、酒場というのは何が必要なのかわからなくてな……包丁や鍋といったアイアンブラッドで用意できるものは用意したがそれ以外は……」

「構わねぇよ！　サンキューな‼」

俺がお礼を言うと、兄弟がフッとニヒルな笑みを漏らす。やっぱり兄弟はイケメンだな。どこからどこまでが顔かはよくわからないけど。

「酒場ができるのを楽しみにしているのは……兄弟だけじゃないってことだ……」

「……そうか。ならさっさと酒場を開店させなきゃな！」

俺はクルリと三バカの方に向き直る。

「ということだ。後はよろしく」

「雑かっ!?」

「「はーい」」

ゴブ太はビシッと俺の胸を叩《たた》いてきたが、あとの二人は手を上げて元気よく返事をした。

なんだよゴブ太。なんか文句あるのかよ？

「いくらなんでも丸投げしすぎだろ!?」

「ばーか……そういうのも含めて料理人のセンスが出るんだろ？」

「えっ？」

ゴブ太が目をぱちくりとしている。しゃあない、このバカにしっかりと説明してやるか。

「いいかゴブ太？　料理人っていうのは美味《おい》しい料理を出すだけが一流じゃねぇ。どんな内装にし、いかにしてお客さんを集めるか、そういうのも全部ひっくるめてやってこそ本物の料理人なんだよ」

「た、確かに……!!」

ゴブ太が納得した顔で何度も頷いている。本当にこいつはちょろくて助かる。店の用意なんて面倒くさい事俺がやるわけねぇだろうが。

「自分でやるのが面倒なだけでやんすな」

「完全にゴブ太は騙《だま》されてるけどねぇー」

「……ゴブ郎とゴブ衛門は兄弟の事よくわかっているな……」

なんか外野がうるさいけど無視。

「よし！　オイラやるよ!!　最高の酒場を作ってボーさんとクロ吉を招待する!!」

おぉ！　なんかゴブ太の心に火が付いたみたいだ!!　早く何にも気にせず暴れる場所を俺に提供してくれ!!

ゴブ太はボーウィッドに空き家の場所を聞くとゴブ郎とゴブ衛門を引きずって工場を後にする。ゴブ太に首根っこを摑《つか》まれ離れていく二人に手を振りながら俺は兄弟に向き直った。

「これで目標は達成したも同然だな」

「そうだな……次はどうするつもりだ……？」

「ん？　次って？」

「指揮官として……街を視察しなきゃならないんだろう……？」

そうだった。今回デリシアに行ったのは完全に俺の私情のためだ。だから、自ら進んで視察に赴いたのだが、目的が達成された今、別に行きたい場所なんかない。だけど……。

「俺はアイアンブラッドとデリシアっていう二つの街を見て思ったことがある」

「……なんだ？」

「魔族っていうのは俺が思っていたやつらとはだいぶ違ったようだ。……だから、今は純粋に他の魔族はどうなのか見てみたいって思ってる」

「……そうか」

ボーウィッドが嬉《うれ》しそうに笑う。最初は視察なんて面倒くさいだけだと思っていたのにな。アルカに会って、ボーウィッドに会って、ギーに会って俺は少し変わったのかもしれない。その一番の原因がセリスだっていうのは俺だってわかっている……認めたくねぇけどな。

「……それなら次はフレデリカがおすすめだな……残っている幹部達の中ではとっつきやすいだろう……」

「フレデリカ、か……」

確か精霊族の長だったよな。薄い青みがかかった肌に白衣を着た、なんとなくエロイ女医さん。しかも、セリスに負けず劣らずの美貌&ボイン。

まー俺はどこに視察に行ってもいいんだけど、他でもない兄弟が言うんだからな？　仕方なくそのフレデリカの所に行くっていうか？　別にボインが目的ではないっていうか？

とりあえず兄弟のおかげで次行くところは決まった！　俺は精霊族のお姉さんときゃっきゃうふふ楽しむ……ゲフンゲフン……精霊族の抱えている問題を魔王軍の指揮官として解決させに行くぞ!!

エピローグ

「わぁー！　たくさんお店があるのー!!」

舞うように街を歩いているアルカを見て俺の頬《ほお》が思わず緩んでしまう。隣にいるセリスも優しい笑顔で俺の愛娘《まなむすめ》を見つめていた。

「嬉しそうですね」

「あぁ……連れてきてよかったよ」

元気よく街の人に挨拶するアルカを見ながら、俺は柔らかな声で答える。

今日は無事に二つ目の街も視察を終えたという事で、アルカとセリスを連れてデリシアのベッドタウンへやって来ていた。また次の視察に行くとなるとアルカと過ごす時間が無くなっちまうからな。指揮官の仕事が休みの時はこうやって三人でいる時間をなるべく作ってやりたいんだ。…………三人？　いやいや、俺とアルカ二人の時間だ！　この毒舌秘書は俺達のハッピータイムに入れたくない！

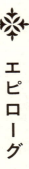

って、以前ならはっきりと言えたんだけど、最近はなんだかなぁー……こいつが隣にいることが当たり前になってきて、そういう気持ちにならなくなってる。あれか？　俺が大人になってきている証拠か？　うん、きっとそうだ。そういう事にしておこう。

「本当に好きなお店を選んでいいの!?」

「はい。そうですよねクロ様？」

「もちろん。アルカはゴブリン達に魔法陣を教える手伝いをしてくれたからな。今日は好きな物を好きなだけ食べていいぞ」

「やったー!!」

アルカが幸せそうな顔で俺に飛びついてくる。やばい、もうこれだけでお腹《なか》いっぱいだ。俺はアルカさえいれば他に何もいらない、って本気で思ったわ。

「アルカあのお店がいい!!」

アルカは俺に抱っこされながら振り返ると、あるお店を指さした。他の店よりも目立つようにだろうか？　店の看板は赤く装飾され、そこに白い文字ででかでかと『ギャスト』と書かれている。

……………なんだろう、あのお店に行ってはいけないような気がする。チーズが中に入ってためちゃくちゃ美味《うま》いハンバーグとか置いてそうだけど、色んな意味で行ってはいけないような気がする。

「……あぁ、なかなか良さそうな店だね。でも、他の所の方がいいかもしれないなぁ……なんて思ったり」

「そうかな？　じゃあ、あっち!!」

　俺が引き攣《つ》った顔でそう言うと、アルカは満面の笑みで別の店を指さした。こちらもお洒落《しゃれ》な看板をしている。白と緑色に塗られた丸い看板に今度は『シャイデリヤ』という赤い文字が……。

　うん、絶対に怒られる。お値打ち価格で舌もとろけるなんちゃら風ドリアとか置いてそうだけど、怒られる気がする。これ以上危険な橋は渡れない。

「そ、そうだ！　この街の面倒を見ている人からおすすめの店を聞いたんだけど、そこに行かないか？」

「面倒見ている人？　ボーおじさんみたいに？」

「そうそう！　この街のお父さんだ」

「この街のパパがおすすめのお店!?　行きたーい!!」

　よしよし、なんとか娘の気を逸《そ》らすことができた。アルカが素直で本当に良かったよ。

　ちなみにアルカはギーと会わせていない。こんな穢《けが》れなき天使に汚れきったパンイチの変態を会わせるわけがない。ボーウィッドとは違うのだよあの緑は。

俺とアルカが微笑《ほほえ》ましいやり取りをしている隣で、セリスは不思議そうに首を傾《かし》げていた。

「あの二つのお店じゃダメなんですか？　どちらも美味《おい》しそうですよ？　ギャストもシャイデリヤも」

「おいバカやめろ」

今までにないほどに真剣な表情を浮かべる俺を見てセリスは戸惑いながら口を噤《つぐ》む。もうあの店の事は忘れろ。ここはデリシア、どこで食っても美味いから問題ねぇんだよ。

そのまま二人を連れてギーの言っていたデリシアでも特に人気が高い店に入ってみる。街の長《おさ》が勧めるだけはあってかなり賑《にぎ》わってるな。でも、そこまで洒落《しゃれ》乙《おつ》って感じでもないから緊張せずにすみそうだ。

「三名様こちらへどうぞー！」

少しだけ待ってから愛想のいい女性のゴブリンに案内される。相変わらず声はめちゃくちゃ可愛《かわい》いのに顔は他のゴブリンと変わらないから何とも言えない。美人かどうかも判断つかん。いやだってそうだろ？　じゃがいも二つ並べられてどっちが奇麗だって聞かれても返答に困るわ。

俺は席に向かいながら何気なく他の人が注文している料理に目をやった。ふむ……ここはパスタが有名なんだろうな。大部分の客がそれを注文してるし。

「ご注文が決まったらお呼びください！」

「はーい！」

元気よく返事をすると、アルカは早速メニューを手に取り選び始める。フンフン♪　と上機嫌に口ずさみながら足をプラプラさせているアルカとか破壊力が高すぎるって。今すぐにハグしてその身を手中に収めたい。

「……デレデレしすぎですよ」

セリスが極寒の視線を俺に向けてくる。別にいいだろうが！　娘にデレデレすんのが父親の楽しみなんだよ！　思春期になって「パパきもい、こっち見ないで」なんて言うようになるまでは、この憩いの時間を邪魔すんじゃねぇ！　って、アルカはそんな子にはならんわ！

「アルカは決まったの！」

メニューを置いて嬉しそうに笑うアルカ。やはりうちの娘に思春期など訪れることはない。

「お前は？」

「はい。決まっております」

「ん。じゃあ呼ぶぞ」

軽く手を挙げると、先程の愛想のいいゴブリン店員がすぐさま飛んできた。

「お待たせいたしました！　ご注文お伺いします！」

「ペスカトーレを一つ」

「カルボナーラをお願いします」

「アルカはねーナポリタン！」

「はい！　ご注文を繰り返させていただきます！　ペスカトーレが一つ、カルボナーラが一つ、ナポリタンが一つですね！　以上でよろしいでしょうか？」

「おう、よろしく」

「かしこまりました！」

はきはきとした感じで去っていくゴブリン店員。別におかしいところなどどこにもなかったというのに、なぜかアルカは不思議そうにセリスを見ていた。

「どうかしました？」

「ママ、お酒頼まないの？」

「え？」

アルカの発言にセリスが目を丸くする。俺もアルカの真意を測りかねていた。

「えーっと……どういうことですか？」

「だって、いつもは奇麗なママがお酒を飲んだ時はすっごく可愛《かわい》いんだもん！　アルカみたいにパパに甘えるし！」

「そ、そそそ、それは……!!」

セリスの顔がみるみる赤くなっていく。ちなみに俺は聞こえないふりを貫いていた。めちゃくちゃ恥ずかしいが、会話に参加することなんてできやしない。あの日の事は俺の脳みそからしっかりと消去済《デリート》みだ。とりあえずセリス、耐えてくれ。

「本当に可愛いんだよ！『大好き!!』って言いながらパパの腕にしがみついてたもん！　パパも嬉《うれ》しそうだったよね？」

「へぅ……!!」

「ははは……」

まさかの飛び火。声にならない叫びをあげるセリスに、純真無垢《むく》な笑みを向けてくるアルカ。そして、完全に巻き込まれ事故を受け、乾いた笑みを浮かべることしかできない俺。

なんとも言えない空気の中、料理が運ばれてきたので俺とセリスは慌ててフォークを手に取り食べ始める。多分、凄《すご》く美味《おい》しいんだろうけど、味なんてよくわからない。とにかく目の前でケチャップを顔いっぱいにつけて幸せそうな顔をしている天使が新たな爆弾を投下しないか気が気じゃなかったわ。俺が食べてる海鮮トマトパスタよりも顔を赤くしているセリスをからかう余裕すらない。まったく……本当にアルカは色々な意味で破壊力抜群だっつーの。

無事（?）に食事を終えた俺達はアルカの希望で海へとやって来た。船に乗りたい、とかアルカに言われたら死ねるので港じゃなく浜辺だ。船なんてもう二度と乗るもんか。せっかく食べたパスタをそっくりそのまま海に還《かえ》すことになったら目も当てられん。

「うわー！　すごいすごい！」

初めての海に大興奮のアルカ。靴を脱ぎ捨て波打ち際でちゃぷちゃぷし始めたのを、俺とセリスは砂浜に座って微笑ましく眺めていた。

「パパー！　ママー！」

アルカが小さい身体を懸命に動かしこちらに手を振ってくる。くぅ……!!　可愛すぎるぜ!!

俺も靴を脱ぎ、全力でアルカのもとに駆け寄る。おっ、思ったよりも冷たくねぇな。これなら泳げそうだ。今日は水着を持ってないから、今度来た時は水着で海水浴っていうのも悪く……いや、セリスの水着姿は俺のキャパシティを軽くぶち抜きそうだ。この案は保留にしておこう。

水を掛け合ったり、一緒に砂のお城を作ったりして遊んでいたらあっという間に日が沈んでしまった。セリスははしゃぎ疲れて俺の背で眠るアルカを見て、柔和な笑みを浮かべる。

「よっぽど楽しかったのですね。笑いながら寝ていますよ？　ふふっ、可愛い」

「そいつはよかった。あんまり父親らしいことしてやれてねぇからな」

「……そんな事もないと思いますよ？」

「え？」

驚いて顔を向けると、セリスは少しはにかみながら視線を海にやった。

「父親として一番大事なこと……あなたはアルカをちゃんと愛してるじゃないですか」

「愛してる……うん、そうだな」

背中に感じる温《ぬく》もりはいつの間にか俺にとってかけがえのないものになっていた。一緒に暮らし始めて二ヵ月くらいしか経《た》ってないんだぜ？　それなのに、俺はもうアルカのいない生活なんて考えられない。それほど大切な存在になっていた。

そして、もう一人……。

「……そろそろ帰りますか？」

紫色に染まる夜空を見ながら小さな声でセリスが告げる。少し迷った俺は魔法陣を複数個作り始めた。

「クロ様？」

セリスが戸惑いながら俺の顔を見つめてくる。その言葉には答えず、俺は魔法を詠唱した。

「〝夜空に散る数多の花《ファイヤーワークス》〟」

俺の魔法陣から飛び出した魔法は夜空へと飛んでいき、炎で出来た色鮮やかな花を咲かす。最初こそ目を見開いて驚いていたセリスだったが、俺が何発も打ち上げているうちにうっとりとした表情でその花を見つめていた。

「奇麗……」

セリスの口からぽつりと零《こぼ》れた言葉。俺は小さく笑いながら魔法陣を組成し続ける。

「……こういうの好きだろ？　お前」

「はい、大好きです……でも、どうして？」

「今日付き合ってくれたからな。それに……」

俺はそこで言葉を切った。いつもバカやってる俺を、それでも支えてくれているお礼だ、

なんて素直に言える俺じゃねぇんだよな。照れ臭くってこういうやり方でしか感謝を伝えられないんだよ。

俺が放つ魔法に見惚《みと》れていたセリスがちらりとこちらに視線を向けてくる。

「……それに？」

「……こうやって魔法陣の練習をしておかないと、腕がなまりそうなんだよ」

「ふふ……そうですか」

セリスは楽しげに笑うと、満開の花が咲く夜空へと視線を戻した。

「…………私も、感謝してますよ」

それでもこいつには伝わっちまうから困る。どぎまぎしながら魔法陣を展開していると、セリスはそっと口角を上げげた。

「魔族領に来てくれてありがとうございます。……あなたに出会えて、本当によかった」

その言葉を聞いた瞬間、俺は思わずセリスの方に顔を向ける。セリスは夜空を見上げたままだったが、俺の魔法に照らされたその横顔はどんな花よりも美しかった。

俺は慌てて視線を逸《そ》らす。これ以上見ていたら俺の心臓がもたない。ただでさえ飛び出そうとしているくらいに爆音を上げているんだから。

「……らしくないこと言ってないで俺の魔法を見てろ。出血大サービスなんだぞ？」

「……はい、わかりました」

静かにそう答えると、セリスは嬉しそうに夜空を彩る花を見つめる。そんなセリスを横目で見ながら、俺は魔法陣を生み出し続けた。

あとがき

こんにちは、松尾《まつお》からすけです。

『陰に隠れてた俺が魔王軍に入って本当の幸せを掴《つか》むまで』二巻、いかがだったでしょうか？　二巻ですよみなさん？　いやぁ、続刊できるなんて夢にも思っていませんでしたよ、本当。これも偏《ひとえ》にこの本を手に取っていただけたみなさんのおかげです！　それと、誤字脱字の指摘や内容のアドバイスをくれる安藤《あんどう》君のおかげも雀《すずめ》の涙ほどあります（笑）。

さて、今回はあとがきに力を入れていくつもりです！　なぜなら、前回は初めてのあとがきだったという事で、かなりお見苦しい内容になってしまったのです……真面目に書いたつもりだったのですが、ふざけすぎ！　と、知人に言われてしまいました。しょぼーん。

ということでね、同じ轍《てつ》を踏まないためにたくさんあとがきを読んできましたよ！　拙作はカクヨムコンテストでの受賞を機に書籍化したという事で、同じ受賞者の方達と数多く交流を持つことができました。なので、その方達の書籍を購入し、内容を楽しみつつ、あとがきの分析を進めていったのです！　ふっふっふ……これであとがきの書き方は完璧です。あとがきマスターと呼んでください！

それでですねぇ、早速分析結果の方を申し上げますと……みなさん、あとがき書くの上手《うま》すぎちゃう？　え？　どういうこと？

受賞者の方の中には私と同じで前回が初書籍、初あとがきという方もいらっしゃったのですが、総じてこの短い文章の中で端的に内容をまとめておられました。こら、あかんわ。

でもでも！　人間、一生懸命にやれば熱意は絶対に伝わるはず！　だから、私も自分なりのあとがきをみなさんにぶつけていきたいと……ん？　もう尺がない？　まとめに入れ？　あれ？　あれ？　デジャブ？　……今回もダメだったよママン。

というわけで、ここからは真面目に謝辞を述べさせていただきたいと思います。

『陰俺』二巻をお読みいただき、本当にありがとうございます。自分の書いた小説が世に出回り、大勢の方に読んでいただけていることがいまだに信じられません。この本を読んで少しでも楽しい気持ちになってくれる方がいれば、この小説を書いた意味もあるかな、と思います。これからも細々と小説を書いていこうと思っているので、温かい目で見守っていただけたら幸いです。よろしくお願いいたします。

おあとがよろしいようで。立つからすけ跡を濁さず。

松尾　からすけ

陰《かげ》に隠《かく》れてた俺《おれ》が魔王軍《まおうぐん》に入《はい》って本当《ほんとう》の幸《しあわ》せを掴《つか》むまで2

著　松尾《まつお》からすけ

角川スニーカー文庫　22192

2020年6月1日　初版発行

発行者　三坂泰二

発　行　株式会社KADOKAWA
〒102-8177 東京都千代田区富士見2-13-3
電話　0570-002-301（ナビダイヤル）

印刷所　旭印刷株式会社
製本所　株式会社ビルディング・ブックセンター

◇◇◇

Printed in Japan　ISBN 978-4-04-109085-5　C0193

★ご意見、ご感想をお送りください★

〒102-8177 東京都千代田区富士見 2-13-3
株式会社KADOKAWA　角川スニーカー文庫編集部気付
「松尾からすけ」先生
「riritto」先生